Encontros e desencontros de famílias

Encontros e desencontros de famílias

Quando o direito muda nossas vidas

Luiz Kignel, Julia Prado Affonso Moreira,
Tatiana Araujo Caribé Arantes e Thaís da Costa

alameda

Edição: Haroldo Ceravolo Sereza e Joana Monteleone
Assistente acadêmica: Tamara Santos
Projeto gráfico, diagramação e capa: Emanuela Godoy
Revisão: Alexandra Colontini
Imagens da capa: Ilha Padre, perto de Brownsville, Texas, por volta de 1910. (Flickr); David Krüger por Pixabay

CIP-BRASIL. CATALOGAÇÃO NA PUBLICAÇÃO
SINDICATO NACIONAL DOS EDITORES DE LIVROS, RJ

E46

Encontros e desencontros de famílias : quando o direito muda nossas vidas / Luiz Kignel ... [et al.]. - 1. ed. - São Paulo : Alameda, 2024.
182 p. ; 21 cm.

ISBN 9786559663132

1. Advogados - Brasil - Crônicas. 2. Crônicas brasileiras. I. Kignel, Luiz.

24-95028 CDD: 869.8
CDU: 82-94(81)

Meri Gleice Rodrigues de Souza - Bibliotecária - CRB-7/6439

ALAMEDA CASA EDITORIAL
Rua Treze de Maio, 353 – Bela Vista
CEP: 01327-000 – São Paulo – SP
Tel.: (11) 3012-2403
www.alamedaeditorial.com.br

Apresentação

Do nascimento ao falecimento, do casamento ao divórcio, dos filhos próximos aos parentes distantes, estamos sem perceber constantemente inseridos em um ordenamento jurídico de direitos e obrigações que se origina na Constituição Federal, cria conteúdo no Código Civil, toma forma por dezenas de leis complementares e é finalmente lapidado nas decisões tomadas em nossos Tribunais. Este *arcabouço jurídico* não é estático, recebendo constante influência das mudanças comportamentais da sociedade brasileira que de forma direta alcançam o mundo do Direito de Família e Sucessões.

Como advogados familiaristas temos um *"algo a mais"* que faz parte de nossa jornada jurídica diária e que alcança o patrimônio intangível e imaterial que permeia o convívio em Família: as *relações pessoais*! Nosso material de trabalho não se limita apenas ao vasto acervo doutrinário e jurisprudencial que nos cerca. Devemos estar atentos as expectativas de cada membro da família porque nem tudo que se deseja expressar forçosamente é dito em palavras. O silêncio é muitas vezes uma manifestação de vontade em muitas relações familiares e a percepção exata do que é desejado pode ser encontrada apenas em uma troca de olhares ou um trejeito. Perceber como cada membro da família acolhe um mesmo fato exige prudência para captar o *entendimento*, a *compreensão*, as *frustrações* e *expectativas* de cada pessoa em sua individualidade. Como advogados, lidamos com o que há de mais complexo e bonito na face da terra: a própria Família! E foi da paixão pela família que surgiu a ideia deste livro.

Casados há quase quarenta anos, Silvia e eu temos uma característica marcante como casal: bom humor! Rimos de nós mesmos, das situações que surgem, das decisões que tomamos (ou talvez deveríamos ter tomado!). E disto nasceram as minhas primeiras crônicas, textos escritos de maneira informal retratando acontecimentos da nossa vida cotidiana, no mais das vezes com uma pitada de humor. Mas certamente situações inesperadas e inusitadas não eram exclusividade nossas. Passei a registrar outras que acompanhei na vida profissional e segui escrevendo novos textos, todo eles, à obviedade, sem qualquer possível identificação real dos personagens envolvidos.

Se as crônicas retratam fatos da vida familiar e o Direito de Família e Sucessões está posto exatamente para regular estes relacionamentos, então de cada narrativa se pode extrair um conhecimento jurídico! E desta ideia singular surgiu uma proposta totalmente inusitada: dar uma roupagem jurídica para cada crônica. Se é verdade que os textos retratam momentos da vida de um casal ou de uma família, então certamente o Direito é aplicável e uma solução legal pode ser encontrada.

Com muita alegria, convidei as minhas colegas advogadas que compõem a Equipe Família e Sucessões do PLKC Advogados para participarem deste projeto e serem coautoras deste livro. Entre tantas que escrevi, selecionei 16 crônicas e pedi a elas que fizessem uma análise jurídica do material. Lideradas pela nossa sócia Julia Prado Moreira e em conjunto com Tatiana Caribé Arantes e Thaís da Costa, 15 textos jurídicos foram formulados e este trabalho é mérito exclusivo delas, excelentes profissionais que dividem comigo o cotidiano profissional.

Daqui também sai uma cautela e uma curiosidade.

Uma cautela para que não se perdesse o *espírito* que norteou esta proposta incomum: o livro não tem como objetivo formar teses doutrinárias. Este é um livro de crônicas da vida familiar associada a conceitos jurídicos para os que não exercem a advocacia e que deixarão o leitor certamente curioso e interessado ao ver como nas situações mais inesperadas da vida familiar o Direito de Família e Sucessões encontra-se inserido.

A curiosidade é que todas as crônicas foram realmente originadas em eventos que vivi na minha vida conjugal ou me foram relatados em consultas profissionais. E esta é a beleza da obra pois são narrativas que nasceram de atos ou fatos da vida real. A posição da toalha de chão no banheiro do casal, a disputa pelo convite de casamento, a ingenuidade das crianças, a busca do consenso pelo nome dos filhos, a solidão, o carrinho do supermercado, e mesmo o destino da urna crematória do falecido nasceram destes quase quarenta anos de advocacia familiarista.

Das dezesseis crônicas, cinco se originaram em acontecimentos do cotidiano em que Silvia e eu fomos os verdadeiros personagens e as outras onze em situações profissionais.

Enfim, *histórias que vivi & estórias que ouvi.*

Boa leitura!

Luiz Kignel

Prefácio

Num determinado momento da nossa longa história conjugal de 20 anos, minha esposa e eu decidimos nos separar. Ela não suportava mais meu gênio daquela época e me deu um cartão vermelho. Ficamos três meses separados e só não nos divorciamos porque nosso advogado de família se recusou a nos separar. Ele nos mostrou que nos amávamos muito e que precisávamos nos separar das coisas que incomodavam minha esposa e não de nós mesmos. Assim, não nos separamos.

Conto este caso para mostrar que os advogados fazem parte das nossas vidas, quer seja na esfera pessoal ou jurídica. No caso do advogado de família, ele assume diferentes papéis, tornando-se um psicólogo para lidar com nossas neuroses, um pediatra para cuidar das nossas infantilidades, um guia para os paranoicos e um freio para os excessivamente confiantes. Os advogados de família têm uma visão íntima das pessoas e das famílias, enxergando além das aparências. Afinal, as famílias são todas iguais, só que absolutamente diferentes.

Este livro é interessante porque veremos muitos de nós e de nossas famílias nos casos contados, e teremos a oportunidade de rir de nós mesmos. Afinal, quem vê de fora vê melhor. E ninguém vê isso tão profundamente quanto um advogado de família. Porque ele se torna, com o tempo, mais que um advogado de família. Ele se torna um advogado DA família.

Bravo, aproveitem!

Nizan Guanaes

CAPÍTULO I

Sentença é Lei entre as Partes

- O que faz a toalha de chão em cima do bidê? - perguntou Olavo estupefato!

- Como assim? Lugar de toalha de chão é em cima do bidê - respondeu Soninha, pega de surpresa com aquele inesperado questionamento.

- Então por que não se chama toalha de bidê? - ele insistiu.

- Porque ela não tem utilidade no bidê, só no chão - ela esclareceu.

- Portanto, - disse Olavo recolocando a indigitada toalha no seu devido lugar - é aqui no chão que ela deve estar.

- Não me parece, - protestou Soninha com ligeira irritação, ao mesmo tempo em que devolvia a toalha de chão ao bidê - porque se a toalha ficar no chão, ela suja.

- Deixe-me ver se entendi bem... - disse ele retornando a toalha de chão ao chão - Então a toalha de chão não fica no chão, mas no bidê, de forma que ela fica limpa e nossos pés ficam sujos.

- Não! - disse ela, já visivelmente contrariada, sem contundo não hesitar em devolvê-la (a toalha) ao seu devido lugar, ou seja, o bidê. - A toalha de chão deve estar limpa para colocarmos nossos pés quando saímos do banho e é exatamente por isso que ela não fica no chão.

Recém-casados, em sua primeira noite de lua de mel, Olavo e Soninha travavam a primeira batalha conjugal. Conheceram-se no curso de Direito e deram o primeiro beijo sob o testemunho das arcadas do Largo São Francisco. Olavo era aquele tipo engomado com camisas que pareciam impossíveis de amassar, enquanto Soninha era totalmente despojada em seu jeito de vestir. Ele circunspecto e de poucos amigos, ela sorridente e cheia de amizades. Ele adorava uma churrascaria, ela era vegetariana. Ele queria fazer Direito porque via uma oportunidade de ascensão profissional e econômica, ela queria mudar o mundo pela Justiça. Tinha tudo para dar errado, mas na contramão de todas as previsões, eles se amavam. E a diferença os fazia cada vez mais apaixonados. Diziam os mais íntimos que a única desavença séria entre o casal ocorrera na época do casamento. Olavo era católico fervoroso, família quatrocentona, de modo que o casamento deveria acontecer apenas na

Igreja Nossa Senhora do Brasil, a mais tradicional de São Paulo. Soninha preferia uma cerimônia budista ao ar livre. E, ainda assim, quando tudo parecia irreconciliável, acabaram se entendendo. O casamento foi realizado no rito católico, como queria Olavo, mas em um imenso jardim ao ar livre, como sonhava Soninha. E assim a vida de marido e mulher se iniciava. Contudo, naquele momento, ali, sozinhos no banheiro do quarto de um hotel, já era indiferente onde estava a toalha.

Olavo andava incrédulo. Para que serviram quatro anos de namoro se quarenta e oito horas após o casamento o marido descobria que sua esposa tinha hábitos estranhos que eram até então totalmente desconhecidos? Haveria um erro essencial sobre a pessoa de sua esposa que Olavo não notara no curso do namoro, quem sabe um desvio de conduta que tivesse permanecido oculto e, agora, tipificasse a invalidade do casamento na esteira do inciso IV do artigo 1.557 do Código Civil? - considera-se erro essencial sobre a pessoa do outro cônjuge a ignorância, anterior ao casamento, de doença mental grave que, por sua natureza, torne insuportável a vida em comum ao cônjuge enganado.

Soninha estava inerte. Não poderia começar uma relação entre marido e mulher baseada no artigo 233 do Código Civil revogado - o marido é o chefe da sociedade conjugal, função que exerce com a colaboração da mulher. Seu projeto de vida conjugal certamente era baseado no artigo 1.567 do Código Civil em vigor - a direção da sociedade conjugal será exercida, em colaboração, pelo marido e pela mulher. Isso é o que ela queria. Fazer valer sua vontade. E se fosse voto vencido no banheiro, imagine o que aconteceria com aquele casamento!

Olavo, no entanto, não conseguia entender Soninha. Sim, por que onde já se viu a toalha de chão ficar em cima do bidê? Errada estava a sua posição e, à obviedade, a sua denominação.

A verdade é que recém-casados devem relevar certas diferenças que, afinal, não podem ser descobertas mesmo nos namoros mais longos. Tem coisas que, apenas estando casados, ali no dia a dia e sob o mesmo teto, serão descobertas pelo parceiro, aquele que escolhemos para ficar ao nosso lado pelo resto de nossas vidas. A toalha de chão certamente se aplica a esta categoria. Porque não dá para saber onde o cônjuge deseja deixar a toalha enquanto ambos não dividirem o mesmo aposento.

A discussão era semântica (chão versus bidê) e higiênica (toalha limpa versus pés sujos), de tal sorte que o casal sequer notou a camareira entrar no quarto e silenciosamente acompanhar toda aquela profunda discussão de recém-casados.

Quando perceberam sua presença, Olavo e Soninha ficaram envergonhados. Em plena lua de mel e lá estavam eles discutindo e defendendo ferozmente suas posições acerca da correta posição de uma toalha de chão (ou de bidê, ou vice-versa). Estrago feito, optaram em descer para o café da manhã e deixaram a camareira arrumar o quarto. Ela, a camareira, a tudo ouvira em absoluto silêncio tal qual um magistrado que se posiciona instantes antes de proferir uma sentença. Isso mesmo, estava dada a solução! Olavo e Soninha deixaram a camareira sozinha no quarto, à semelhança de uma juíza que se isola para uma sentença, e seguiram alegremente para se esbaldar no café da manhã do hotel. Ora, a camareira tudo ouvira, tudo presenciara; argumentos e contra-argumentos, promotoria e defesa travestidos de marido e mulher na luta pela correta posição da toalha de chão do banheiro. Assim, quando retornassem para o quarto a camareira já teria deixado a toalha em algum lugar do banheiro, fosse no chão, fosse no bidê. E decidiram que este seria o veredicto que valeria para todas as suas vidas. Inapelável, da qual não caberia Recurso. Fizeram como um pacto de sangue sob o qual lançaram a sorte naquela distinta camareira que, fazendo o papel de um juiz imparcial, decidiria, enquanto durasse o matrimônio, onde ficaria a toalha de chão. Olavo, mais formalista, pensou em sugerir que esta obrigação deveria se manter na viuvez de uma das partes, mas concluiu a tempo que seria exagero.

Retornaram alegremente ao quarto, cada qual confiante na sua posição. No entanto, à medida que se aproximavam cada qual sentia, certamente sem confessar ao outro, um frio na barriga. Qual seria a sentença proferida pela camareira? Quem teria razão? Teria sido prudente deixar a camareira decidir o futuro do casal ao menos na parte do banheiro? Seja como for, esta fora a decisão e nenhum dos dois, legalistas que eram, ousaria voltar atrás.

Olavo e Soninha entraram no quarto e certificaram-se que a camareira havia encerrado seu trabalho. Então juntos abriram a porta do banheiro para conhecer o veredicto: silêncio e surpresa. A camareira deixara uma toalha de chão no chão, mas havia introduzido uma segunda toalha de chão colocada cuidadosamente em cima do bidê. Duas toalhas, uma para cada gosto. Se não uma sentença, ao menos uma decisão com equidade.

Até hoje na casa de Olavo e Soninha há duas toalhas de chão. Uma no chão, outra no bidê. E quando alguma visita pergunta se isto não é estranho, eles permanecem em silêncio. Afinal, advogados que são, bem sabem que sentença não se discute, apenas se cumpre.

Capítulo I

A Conquista da Igualdade no casamento

Falar em igualdade entre gêneros ou paridade de direitos e obrigações entre cônjuges parecerá aos olhos dos casais mais jovens uma obviedade tão grande que muitos sequer entendem quando o assunto é discutido em algumas rodas de conversa. Contudo, certamente essa não era a regra em um passado não tão distante. Tamanha era a discrepância, que por muito tempo o ordenamento jurídico brasileiro colocou a mulher como subalterna ao homem e à família, devendo, conforme o caso, obter autorização do marido – ele, sim, denominado "*chefe de família*" – para o exercício autônomo de sua cidadania, como trabalhar ou obter habilitação para dirigir automóveis.

O Brasil Colônia (1530 - 1822) regulava-se pelas leis portuguesas – muito impactadas pelas Ordenações Filipinas – e em terras brasileiras apenas se replicavam os costumes europeus de um Portugal à época potência mundial. Tal conjunto normativo trazia como princípio primordial o conservadorismo do poder patriarcal vivido desde a idade média. Foi apenas com a Constituição Federal brasileira de 1824 que foram regulados os primeiros direitos da mulher, inclusive, o direito à escolaridade, o que equivale dizer que as escolas destinadas à educação feminina surgiram mais de 300 anos após a chegada dos portugueses ao território brasileiro, e, mesmo assim, mais voltadas aos trabalhos manuais, domésticos, cânticos e instrução primária.

Ainda no início do século XX o Código Civil de 1916 mantinha princípios ultraconservadores, nutrindo a posição do homem como chefe da sociedade conjugal e limitando a capacidade da mulher para atos muito específicos, normalmente relacionados aos cuidados diários da família. Basta destacar dois de seus artigos para que se entenda o cenário da época:

> "Artigo 240. A mulher assume, pelo casamento, com os apelidos do marido, a condição de sua companheira, consorte e auxiliar nos encargos da família".
>
> "Artigo 380. Durante o casamento compete o pátrio poder aos pais, exercendo-o o marido com a colaboração da mulher. Na falta ou impedimento de um dos progenitores, passará o outro a exercê-lo com exclusividade".(nosso grifo)

Ao marido, portanto, era formalmente instituído o comando efetivo da família, sendo imposta à esposa a condição secundária de *colaboradora* e *auxiliar*, jamais em igualdade.

A longa batalha pela paridade de direitos e obrigações ganhou força na Constituição Federal de 1934, garantido à mulher o direito de voto. Em 1962 foi sancionada a Lei nº 4.121, mais conhecida como o *Estatuto da Mulher Casada*, deixando o marido de ocupar de maneira impositiva o cargo de chefe da sociedade conjugal (pois até então a mulher estava incluída no rol dos relativamente capazes).

A Constituição Federal de 1967 previu a igualdade de gêneros reconhecendo que "*todos são iguais perante a lei, sem distinção de sexo, raça, trabalho, credo religioso e convicções políticas. O preconceito de raça será punido pela lei*".

Muitas foram as alterações do arcabouço jurídico brasileiro na luta pela igualdade entre homens e mulheres, valendo destacar a Lei nº 6515 de 1977 (de redação do então Senador Nelson Carneiro) que finalmente instituiu o divórcio no Brasil, permitindo a dissolução do casamento e autorizando novos matrimônios. Ainda que o divórcio certamente beneficiasse tanto homens como mulheres, necessário reconhecer que eram as mulheres *desquitadas* (e não os homens *desquitados*) que no mais das vezes tinham uma visão depreciativa ficando à margem da vida social. Cada qual no seu tempo, enquanto o *Estatuto da Mulher Casada* abriu espaço para a emancipação do sexo feminino, a *Lei do Divórcio* permitiu a oficialização de novas uniões garantindo às mulheres maior independência no que se refere às relações conjugais, igualmente beneficiando os homens.

A promulgação da Constituição Federal de 1988 trouxe em seu artigo 5º o chamado Princípio da Isonomia trazendo finalmente a **igualdade de sexos** em seu inciso I:

> Todos são iguais perante a lei, sem distinção de qualquer natureza, garantindo-se aos brasileiros e aos estrangeiros residentes no País a inviolabilidade do direito à vida, à liberdade, à igualdade, à segurança e à propriedade, nos termos seguintes:
>
> I – homens e mulheres são iguais em direitos e obrigações, nos termos desta Constituição;

Para fins da vida conjugal, mais ainda a igualdade constitucional ao determinar no artigo 226, parágrafo 5º, que "*os direitos e deveres referentes à sociedade conjugal* ***são exercidos igualmente pelo homem e pela mulher***".

Imaginar que no Código Civil anterior (que vigorou de 1917 até 2002) o casamento era passível de anulação pelo marido se comprovado que a esposa não era virgem quando do matrimônio civil é algo tão irreal que chega a parecer folclórico.[1] No dia de hoje, seria possível explicar essa regra aos jovens estudantes de Direito? Do Brasil Colônia até os dias de hoje uma longa e difícil trajetória foi construída por mulheres em sucessivas gerações. A igualdade de hoje, mesmo óbvia, exige constante vigilância para que todos sejam iguais sem necessitarem de um profissional do Direito para explicar o que deveria ser indiscutível.

1 Código Civil de 1916: Artigo 219. Considera-se erro essencial sobre a pessoa do outro cônjuge: .... IV – o defloramento da mulher, ignorado pelo marido.

CAPÍTULO II

Saudades

Detesto velórios. E não conheço quem possa gostar deste tipo de evento, embora não raramente encontramos pessoas tão sorridentes revendo outras que não dá para entender o que foram fazer em um cemitério. Aquele caixão aberto com todo mundo passando do lado do falecido certamente não combina com gracejos de qualquer tipo.

Cumprindo um ritual que se repete independentemente da religião do defunto, cada qual para ao lado do caixão, murmura em voz baixa alguma coisa e cede a vez ao próximo da fila que também irá murmurar algo que absolutamente ninguém ouvirá, muito menos o falecido. O que será que as pessoas ficam dizendo ao lado do caixão? "E agora quem vai pagar a sua dívida?" ou "Onde você deixou aquele documento?" ou "Até para morrer você incomoda. Logo na hora da final do futebol?" ou "Bem, já que você não está mais aqui, sabe, ... sua esposa ... tão nova ... você não vai se incomodar, vai?"

E lá estava eu no velório da Tia Zizinha. Casado há trinta anos nem sabia que existia uma Tia Zizinha. Bem, foi justificando minha mulher, ela não era uma tia próxima, na verdade era uma prima de segundo grau de meu falecido sogro. Solteirona, sem prole, tampouco amigos, vivia apenas com um gato. Então, pensei eu, estávamos convocados para fazer quórum porque, caso contrário, certamente faltaria quem pudesse segurar a alça do caixão. Seja como for, não custava fazer uma média com minha mulher, motivo pelo qual segui para o enterro sem reclamar.

Entretanto, que surpresa ao chegar. Nunca havia visto tanta gente em um velório! Minha esposa foi indicando os nomes de primos, tios, apadrinhados, gente que eu nunca havia visto, sequer ouvido falar. E olha que tínhamos trinta anos de casados. Havia até parente que mandou representante, foi logo esclarecendo a Tia Ofélia, que eu mesmo não a via desde um velório de outro parente de minha esposa, anos atrás. O primo Beto, disse ela, está trabalhando no interior e não podia largar o emprego, mas fez questão de mandar seu filho que estuda na Capital para representá-lo no enterro da Tia Zizinha.

E o ritual prosseguia, cada qual parando no caixão aberto para murmurar algo ininteligível aos demais presentes. Esperamos nossa vez na fila, até eu me deparar (pela primeira vez) com a Tia Zizinha, devidamente adornada por flores naquele suntuoso caixão. Confesso que achei a falecida um pouco pálida, mas preferi reservar este comentário apenas para mim.

Após cumprir o ritual de cumprimentos, sentei-me em uma das cadeiras laterais da sala ao lado, de onde avistei o primo Leôncio, um dos raros parentes que eu conhecia naquela multidão de familiares até então desconhecidos. Era um torcedor santista fanático, conhecia tudo não só do seu time, mas também dos principais concorrentes. Do Santos sabia de cor toda a escalação, titulares e reservas, técnico e massagista. Se bobeasse, ainda cantava o nome do gandula do jogo. Olha daqui, olha de lá, e o Leôncio vai diretamente ao ponto:

- E aí, quais as chances?

Embora não gostasse de futebol, achei que pelo menos valia a pena puxar uma conversa e aproveitei para repetir um comentário de um repórter que ouvira no rádio justamente vindo para o velório:

- Acho que o esquema tático está muito confuso. Se não existir um trabalho de equipe, temos o risco de não conseguir a classificação.

Leôncio me olhou atônito com ar de absoluta reprovação. Fiquei tão pálido como a Tia Zizinha, mas ao menos meu coração ainda batia. Para me desculpar já ia confessar que estava apenas repetindo o comentário do repórter de rádio, quando ele disparou:

- E isto lá é hora de pensar em futebol?

Fiquei envergonhado. E eu que pensava que o Leôncio tinha o futebol acima de tudo, lá estava ele me dando uma lição de moral.

- Bem - tentando me recompor - sabe como é...

- Pois deixa eu te dizer uma coisa - disse o primo Leôncio - fazendo as contas aí, temos boas chances.

- É? (achei que um simples "é?" não seria comprometedor).

- Temos que verificar a tabela. A tabela é a nossa salvação!

- Oh, Leôncio! Que tabela? Afinal você quer ou não quer falar de futebol?

- Que futebol, tá louco? E eu posso pensar em uma coisa dessas?

- Então que tabela é essa?

- É uma tal de convocação hereditária.

- O quê?

- Convocação hereditária.

Do nosso lado o Odair, que dizia que Tia Zizinha fora sua madrinha, embora ninguém acreditasse, até então um ilustre desconhecido para mim, interveio:

- Que convocação hereditária que nada! Meu advogado disse que o certo é "ordem da vocação hereditária".

- Peraí, para tudo! Do que vocês dois estão falando? - perguntei indignado.

- Ora, como assim? - disparou incrédulo o primo Leôncio - da partilha dos bens da Tia Zizinha!!!

Tia Zizinha era solteira e não teve filhos. Trabalhou a vida inteira em uma empresa multinacional galgando postos até se tornar uma executiva importante. Não gastava nada, tendo amealhado considerável fortuna... Agora tá explicado de onde surgiu tanto parente!

É engraçado como velório de rico atrai parente pobre. Aquilo não era um velório, mas uma reunião de partilha dos bens da falecida! Será que minha esposa receberá uma parte desta herança?!

Que saudades da Tia Zizinha, minha queridíssima e amada Tia Zizinha.

Capítulo II

Transmissão de bens do falecido aos seus sucessores

Diferentemente de outras jurisdições ao redor do mundo, o ordenamento jurídico brasileiro garante a determinadas pessoas do núcleo familiar uma parte do acervo hereditário independentemente da vontade do titular dos ativos. Em vida temos ampla liberdade na destinação dos nossos bens, mas na sucessão há restrições.

Excluída a meação do cônjuge ou companheiro sobrevivente (que dependerá do regime de bens), o patrimônio que remanesce na titularidade do falecido para inventário é dividido em duas partes iguais que denominamos parcelas **legítima** e **disponível**.

A regra sucessória obriga a entrega de parte da herança aos herdeiros legitimários, por meio da imposição do que denominamos **parcela legítima**, equivalente a 50% (cinquenta por cento) do patrimônio do falecido, computado no momento do óbito (excluída a meação, se houver). Primeiramente, receberão os descendentes (filhos ou netos, se os primeiros forem pré-falecidos, e assim por diante); apenas se não houver descendentes a denominada parcela legítima seguirá aos ascendentes vivos (os pais em primeiro lugar; se forem falecidos, aos avós e assim por diante). Em concorrência com descendentes ou ascendentes, participam da parcela legítima o cônjuge ou companheiro – estes dependendo do regime de bens vigente na relação.

É a denominada "ordem de vocação hereditária", que nada mais é do que o rol das classes de herdeiros que sucederão o falecido por garantia legal, organizando-se, assim, quais serão chamados a receber o patrimônio da herança legítima.

No Código Civil de 1916 (que teve vigência até 9 de janeiro de 2003) não havia a possibilidade de concorrência entre herdeiros de classes diferentes. O cônjuge ou companheiro sobrevivente não concorria com descendentes ou ascendentes do falecido e, na falta destes, podiam ser excluídos da parcela legitima por disposição testamentária. No entanto, o atual Código Civil (com vigência a partir de 10 de janeiro de 2003) deu maior relevância ao cônjuge, o alçando à categoria de "h*erdeiro necessário*", tornando inviável ao cônjuge que primeiro falecesse afastar o sobrevivente de sua sucessão. Do ponto de vista do Direito das Sucessões, certamente esta foi uma das mais relevantes modificações introduzidas pelo novo ordenamento jurídico.

Para lembrar: na vigência do Código Civil anterior **à** desejada proteção ao patrimônio familiar – evitando o ingresso dos chamados "agregados" – era garantida pela realização dos casamentos pelo regime da separação total de bens, afastando a formação de patrimônio comum e excluindo o cônjuge sobrevivente da sucessão. A regra atual alterou a ordem da vocação hereditária e o cônjuge que antes poderia ser excluído da sucessão, passou a ingressar o rol de *herdeiros necessários* tendo participação garantida na parcela legítima.

O artigo 1.829 do Código Civil em vigor impõe a ordem sistemática para que ocorra a entrega da parcela legítima aos herdeiros de classes diferentes, dispondo também das condições para que sejam chamadas a suceder conjuntamente:

> Artigo 1.829. A sucessão legítima defere-se na ordem seguinte:
>
> I - aos descendentes, em concorrência com o cônjuge sobrevivente, salvo se casado este com o falecido no regime da comunhão universal, ou no da separação obrigatória de bens (art. 1.640, parágrafo único); ou se, no regime da comunhão parcial, o autor da herança não houver deixado bens particulares;
>
> II - aos ascendentes, em concorrência com o cônjuge;
>
> III - ao cônjuge sobrevivente;
>
> IV - aos colaterais.

Imperioso ressaltar que, com o advento da modernidade na convivência social, fluidez dos relacionamentos e possibilidade de diferentes tipos e estruturas de núcleos familiares, o Supremo Tribunal Federal (STF), em julgamento havido no ano de 2017, decidiu pela equiparação dos direitos sucessórios do cônjuge ao companheiro (união estável).[1] Ou seja, por construção consolidada na jurisprudência, onde se lê *cônjuge*, acima, leia-se também *companheiro*.

A partir do momento que se determina quem participa como herdeiro necessário na parcela legítima, a divisão será igualitária entre descendentes e cônjuge/companheiro sobrevivente. Se o falecido tiver um filho pré-morto, então os sucessores (netos) ingressarão no seu lugar e receberão a parte que caberia a ele (filho já falecido). Importante registrar que o cônjuge/companheiro sobrevivente não

---

1 Recurso Extraordinário Nº 878.694

apenas foi incluído na parcela legítima como também recebeu tratamento privilegiado *"não podendo a sua quota ser inferior à quarta parte da herança, se for ascendente dos herdeiros com que concorrer"*.[2]

Em outras palavras (e sempre considerando apenas a parcela **legítima**) a divisão destes 50% é feita em partes iguais, mas o cônjuge ou companheiro sobrevivente não receberá menos do que 12,50% do patrimônio total (ou seja, uma quarta parte da parcela legítima de 50%). Essa regra se aplica quando o falecido deixou apenas filhos comuns com o cônjuge ou companheiro sobrevivente. Nas sucessões em que a prole não é comum, a divisão da parcela legítima será igualitária entre os filhos do falecido e o cônjuge ou companheiro sobrevivente, não se aplicando a regra da quota parte mínima.

Se inexistentes quaisquer descendentes do falecido, então os ascendentes vivos são trazidos para a parcela legítima e concorrerão em partes iguais com o cônjuge/companheiro sobrevivente, fazendo-se a divisão por cabeça. O ascendente mais próximo sempre exclui o mais remoto. Deixando o falecido apenas pai ou mãe vivos, os avós vivos ficam automaticamente excluídos.

A lei privilegia, assim, a linha descendente sobre a linha ascendente, mas nos dois casos concorrendo na sucessão com cônjuge/companheiro sobrevivente. Se o falecido não tinha descendentes e ascendentes vivos, o cônjuge sobrevivente receberá a totalidade da parcela legítima da sucessão, mesmo que tenha contraído núpcias ou formalizado união estável pelo regime da separação total de bens.

Os 50% remanescentes, que não estão considerados na parcela legítima, não observam as regras acima e serão partilhados livremente pelo testador por meio do testamento, que indicará a transmissão dos bens do que se denomina **parcela disponível**. Caso o testador

2 Código Civil, artigo 1832.

não tenha firmado testamento, a parcela disponível será destinada como se fosse legítima.

Portanto, os incisos de I a III, do artigo acima transcrito, traduzem as três primeiras classes de herdeiros denominados "*necessários*", sendo a última classe, dos "*colaterais*" (inciso IV), todos os demais parentes (irmãos, sobrinhos, tios, tios-avôs, sobrinhos-netos), até o quarto grau, com direito sucessório na premissa de inexistirem as primeiras classes. Também nesta hipótese os colaterais mais próximos excluem os mais remotos, com exceção dos sobrinhos do irmão falecido que, ainda assim, herdarão em seu lugar concorrendo na cota que lhe caberia com os irmãos vivos.

Ao contrário dos *herdeiros necessários*, os *herdeiros colaterais* não têm parcela legítima podendo ser excluídos aleatoriamente pelo testador por disposição testamentária, dispensada qualquer justificativa.

Já quanto aos *herdeiros necessários*, assim o são porquanto devam, obrigatoriamente, receber a herança da parte legítima, por força do artigo 1.845 do Código Civil[3], independentemente da vontade do falecido. Por consequência, apenas em situações excepcionais poderão ser afastados da sucessão devendo o testador formalizar declaração expressa em seu testamento justificando obrigatoriamente e de maneira convincente suas razões. É necessário que a motivação seja extremamente grave e esteja circunscrita dentro das previsões do Código Civil. Não será, portanto, uma decisão soberana ou por critérios subjetivos do testador.

A exclusão por indignidade está prevista no artigo 1.814 do Código Civil sendo considerada: (I) a consumação ou tentativa de

3 Artigo 1845: São herdeiros necessários os descendentes, os ascendentes e o cônjuge (*) observação: o direito sucessório foi estendido ao companheiro, pelo que deve ser considerado, embora não mencionado

homicídio contra o autor da herança, seu cônjuge, companheiro, ascendente ou descendente; (II) a acusação caluniosa, em processo judicial, contra o autor da herança, ou a prática de qualquer crime contra a sua honra, ou de seu cônjuge ou companheiro; e (III) a obstrução ou inibição do autor da herança de dispor livremente de seus bens por testamento, seja por violência, seja meios fraudulentos.

Além das causas de exclusão da sucessão por indignidade, também há a possibilidade de o autor da herança afastar herdeiros necessários de seu recebimento por meio de deserdação, autorizada em hipóteses previamente estipuladas nos artigos 1.962 e 1.963 do Código Civil. Ascendentes podem excluir descendentes comprovada (I) ofensa física; (II) injúria grave; (III) relações ilícitas com a madrasta ou com o padrasto; (IV) desamparo do ascendente em alienação mental ou grave enfermidade; inversamente, descendentes podem deserdar ascendentes comprovada (I) ofensa física; (I) injúria grave; (III) relações ilícitas com a mulher ou companheira do filho ou a do neto, ou com o marido ou companheiro da filha ou o da neta; (IV) desamparo do filho ou neto com deficiência mental ou grave enfermidade.

Caberá ao juiz do processo de inventário, com intervenção do Ministério Público, analisar as razões declinadas pelo testador e decidir se as alegações justificam a aplicação desta penalidade, cabendo ao herdeiro que se pretende excluir o direito à ampla defesa. Sendo a exclusão uma punição personalíssima, os sucessores do herdeiro necessário excluído ocuparão o seu lugar para todos os fins legais.[4]

---

4 Código Civil:
Artigo 1816. São pessoais os efeitos da exclusão; os descendentes do herdeiro excluído sucedem, como se ele morto fosse antes da abertura da sucessão.
Parágrafo único. O excluído da sucessão não terá direito ao usufruto ou à administração dos bens que a seus sucessores couberem na herança, nem à sucessão eventual desses bens.

CAPÍTULO III
Dignidade

Mal saímos do cemitério, o advogado do meu sogro me puxou de lado e disse em voz baixa:

- Dr. Clemente me confiou um testamento cerrado. Avise as filhas.

- Avisar o quê?

E sem que eu pudesse entender do que se tratava, o advogado desapareceu.

Nos reencontramos algumas semanas depois em uma sala de audiências do Fórum João Mendes Jr., à frente de um Juiz de uma das Varas de Família e Sucessões que, minuciosamente, verificava um documento empoeirado ao lado de um Promotor de Família. Estavam sentadas em volta da mesa instalada em uma sala de audiências, a viúva e suas três filhas, uma das quais minha esposa. O juiz fez o documento passar pelas mãos de todos para que confirmassem que o lacre não havia sido violado. Feito isto, o magistrado quebrou o selo notarial grudado e iniciou a leitura do testamento cerrado, o qual era digitado pela escrevente colocada ao seu lado, tudo sob os olhos e ouvidos atentos do Senhor Promotor.

Achei tudo formal e muito solene, realmente do jeito que era o Dr. Clemente. Um homem correto, esposo exemplar, pai de família. Rigoroso na educação das meninas. Acabei me acostumando desde o tempo de namoro, porque minha esposa avisou já no primeiro dia que o pai dela era assim e não ia mudar. Não tive um namoro como os meus amigos, aliás, acho que nem vivi essa experiência, a não ser que ficar na sala com os pais dela no sofá em frente possa ser considerado namorar. Era aceitar ou desistir. Aceitei, achando que após o casamento poderia fazer as coisas do meu jeito. Que nada! Dr. Clemente interferia em tudo, exigia respeito e tradição aos valores da família. O almoço aos domingos era sagrado, não importa se havia ou não feriado. Lá estava ele na ponta da mesa comandando as conversas, do jeito que ele gostava. Suas filhas eram prendadas e, confesso, este foi um dos motivos da minha paixão. Portanto, ao mesmo tempo em que era irritante, precisava reconhecer a contragosto que graças a ele tinha uma esposa tão dedicada. Meu sogro sempre dizia “Dignidade é a roupa que um homem deve vestir todos os dias". Ele adorava esse bordão.

De volta à sala de audiências do Fórum, lá estávamos ouvindo silenciosamente a leitura do testamento, até então um documento desconhecido de todos. Por que o Dr. Clemente precisaria de um testamento? Só poderia ser para nos lembrar que, mesmo falecido, ele continuava no comando. "Dignidade é a roupa que um homem deve vestir todos os dias". Estava esperando a hora que o Juiz iria ler esta frase e, tenho certeza, não me conteria no riso.

De qualquer forma, para quem apenas havia ouvido falar de testamentos em filmes de televisão, não deixava de ser interessante toda aquela encenação. E se o Dr. Clemente estivesse vivo na leitura do seu próprio testamento, a primeira coisa que faria seria mandar o Juiz sair da cadeira onde estava sentado porque na cabeceira apenas ele podia ficar. A cabeceira dava uma áurea de comando, liderança, poder. E isto era a cara do Dr. Clemente. Quando eu ainda era noivo ele me dizia que se entrasse em uma casa e na sala de jantar a mesa fosse redonda, portanto, sem cabeceira, era sinal que o casamento ia mal porque naquele lar não havia comando. Nunca havia pensado nisso antes, mas confesso que cada vez que visitava um amigo passava na sala de jantar para averiguar a forma da mesa...

Na primeira parte do testamento constava a qualificação do testador, estado civil, endereço, e me pareceu um pouco formulário de banco. Depois seguiam as disposições testamentárias com a qualificação dos herdeiros e assim disse o juiz:

"- Deixou o testador cinco filhos herdeiros, a saber...". Ouve um rápido incômodo e o advogado da família, com toda a pompa que a situação exigia, intercedeu:

- Permita-me interromper Vossa Excelência, mas houve um equívoco na leitura. São apenas três filhas e não cinco.

O juiz ficou em silêncio e prosseguiu em uma leitura apenas silenciosa. Constrangido, retomou a palavra:

- Sinto informar ao Senhor Advogado e membros da Família aqui presentes, mas por este testamento o falecido Dr. Clemente reconhece a existência de mais dois filhos havidos fora do casamento. E, portanto, herdeiros em igualdade de condições com as filhas legítimas.

Silêncio sepulcral. A viúva desmaiou, as filhas ficaram atônitas. Não podia ser, mas era. No testamento cerrado o Dr. Clemente confessava que teria vivido algumas relações extraconjugais durante o casamento, das quais nasceram mais dois filhos. Dava a qualificação completa dos recém-descobertos irmãos, inclusive idades. A minha esposa era a partir daquele momento “ex-caçula”, já que se verificou que havia um filho temporão que tinha a mesma idade do neto mais velho do falecido.

“Dignidade é a roupa que um homem deve vestir todos os dias”. Pelo jeito, ao sair de casa, nem sempre o Dr. Clemente se vestia de maneira apropriada.

Capítulo III

Reconhecimento de Paternidade

Filhos são filhos! Foi-se o tempo em que a lei permitia distinção entre a prole com base na formalidade e natureza da relação dos genitores. Fruto de matrimônio, relações extraconjugais, adoção ou até mesmo da consolidação da socioafetividade, filhos são iguais perante a lei.

A Constituição Federal de 1988, atualmente em vigor, encerrou uma longa discussão ao determinar em seu artigo 227, § 6º que todos os filhos, não importando a sua origem "[...] *terão os mesmos direitos e qualificações, proibidas quaisquer designações discriminatórias relativas à filiação*".

Referida determinação legal é especialmente impactante quando falamos de alimentos e principalmente de sucessão. Isso porque, em um passado não tão distante, antes da promulgação da atual Constituição Federal, o anterior Código Civil de 1916 qualificava filiação enquanto *legítima* e *ilegítima*; somente os filhos legítimos ou legitimados, estes últimos sendo aqueles reconhecidos espontaneamente pelo genitor ou genitora, poderiam pleitear o pagamento de pensão alimentícia e ser considerados herdeiros. Os ditos *ilegítimos* (como se alguma culpa tivessem!) eram excluídos em vida sem direito a exigir alimentos; eram excluídos na morte sem direito hereditário.

Com a chamada isonomia filial promovida pelo referido e celebrado artigo 227, § 6° da Constituição Federal, restou extinta toda e qualquer permissão legal para o tratamento diferenciado entre filhos, não mais beneficiando aqueles havidos dentro da relação conjugal em detrimento daqueles concebidos fora do matrimônio.

A possibilidade de reconhecimento espontâneo da filiação foi mantida. É facultado aos pais voluntaria e livremente reconhecerem seus filhos a fim de que seja promovida a regularização registral com a inserção do genitor ou genitora nos documentos pessoais do filho ou filha reconhecidos.

O reconhecimento voluntário pode ser feito extrajudicialmente, em procedimento no Cartório de Registro Civil competente, conforme permitido pelo Provimento n° 16/2012 da Corregedoria Nacional de Justiça. Para tanto basta o comparecimento munido dos documentos necessários, tais como certidão de nascimento do filho a ser reconhecido e documentos pessoais do genitor ou genitora que pretende o reconhecimento.

Importante ressaltar que, caso seja maior de 18 anos, a maioridade civil brasileira, o filho a ser reconhecido precisa estar de acordo, vez que sua anuência é indispensável ao registro, e sendo menor de idade a anuência deverá ser concedida pela mãe ou pai biológico constante da certidão de nascimento. Ainda, o reconhecimento também pode ser feito pela via judicial, por ação própria.

Além da filiação biológica, a filiação socioafetiva também pode ser reconhecida extrajudicialmente nos termos supracitados mediante comparecimento ao Cartório de Registro Civil competente ou judicialmente, conforme permitido pelo Provimento nº 63/2017, alterado pelo Provimento nº 83/2019, ambos do Conselho Nacional de Justiça. A filiação socioafetiva por sua vez é aquela que nasce da *afetividade* e não da consanguinidade ou adoção e é interessante ressaltar que essa modalidade de filiação não é incompatível com a filiação biológica ou proveniente de adoção, neste sentido colocando em prática o instituto da *multiparentalidade*, podendo constar conjuntamente mais de um pai e/ou mais de uma mãe na certidão de nascimento, sem problema algum.

Para o reconhecimento da filiação socioafetiva é primordial a demonstração inequívoca de que entre as partes existe verdadeira "*posse do estado de filho*", isso é, que as partes se consideram como pai/mãe e filho(a), assim se tratam e assim se apresentam e são reconhecidos socialmente.[1]

Além do reconhecimento em cartório ou via ação judicial, também é facultado ao genitor ou genitora reconhecer filiação em sede de testamento. O Código Civil permite que o reconhecimento seja feito de forma irrevogável por disposição testamentária, que é certamente uma das vias mais dramáticas para esse feito.

Há casos, porém, em que o reconhecimento da paternidade não é feito de forma livre pelo genitor ou genitora, demandando intervenção do Poder Judiciário. Nesses casos se faz necessário o ajuizamento de ação judicial investigatória de paternidade, na qual o alegado pai será chamado em juízo para que a dúvida sobre o vínculo biológico seja dirimida. Embora menos usual, faz-se necessário registrar que a ação investigatória também pode ser de maternidade.

---

1 A socioafetividade é abordada no capítulo X do livro.

Cabe ao autor de referida ação judicial investigatória de paternidade/maternidade a apresentação de provas que demonstrem a verossimilhança do quanto alegado e nesse sentido é fundamental a comprovação da viabilidade da concepção defendida. Não obstante, a prova pericial traduzida na realização do exame de DNA **é** uma das peças mais importantes dessas ações, o processo nunca deverá se fundamentar integralmente nessa prova.

Isso porque a realização do exame de DNA não é obrigatória em cumprimento ao conhecido princípio, extraído da Constituição Federal, de que ninguém pode ser forçado a produzir provas contra si mesmo. No entanto, a Súmula nº 301 do Superior Tribunal de Justiça (STJ) determina que "*Em ação investigatória, a recusa do suposto pai a submeter- se ao exame de DNA induz presunção juris tantum de paternidade*", isso é, embora tenha a liberdade de não realizar o exame, a recusa implica em presunção de paternidade que, por ser relativa, deverá ser analisada com as demais provas disponíveis e produzidas nos autos, que indiquem a probabilidade de as alegações serem verídicas.

Em suma, poderá se presumir pai/mãe aquele que se recusar a realizar o teste de DNA por determinação judicial. Daí a importância de serem apresentadas todas as provas possíveis da paternidade ou maternidade por quem a defende ou da ausência do vínculo por quem a refuta, pois diante de uma eventual ausência do exame em comento, essas provas serão essenciais à resolução da ação.

Se reconhecida judicialmente a paternidade ou maternidade, o próximo passo é a averbação e procedimentos registrais a fim de que conste o nome do pai/mãe reconhecido na certidão de nascimento e documentos pessoais. Porém, se a ação for julgada improcedente, seja pelo resultado negativo do teste, seja pela ausência de provas, a paternidade ou maternidade pleiteada será afastada e somente poderá ser defendida novamente se descobertas novas provas.

Por fim, a ação de reconhecimento de paternidade ou maternidade pode ser ajuizada inclusive após o falecimento do suposto ascendente, por procedimento *post mortem* em face dos filhos reconhecidos do falecido. Nesse caso a sistemática é basicamente a mesma, os herdeiros do falecido pai ou mãe podem realizar o teste de DNA ou se utilizar da faculdade de recusar a prova pericial. Ademais, a recusa abre a possibilidade do autor da ação que busca ser reconhecido requerer judicialmente a exumação do corpo para realização da prova pericial.

O reconhecimento de filiação *post mortem*, após o falecimento do genitor ou genitora, automaticamente reflete nos procedimentos de sucessão, uma vez que a existência de outro descendentes afeta diretamente a distribuição da parcela legítima dos bens deixados pelo genitor ou genitora falecidos.[2]

Importante registrar que o reconhecimento de paternidade ou maternidade feita pelo testador em suas disposições testamentárias é soberano e definitivo, não podendo os herdeiros que se sentirem prejudicados promover ação de investigação de paternidade contra aquele indicado em testamento.

2 Assunto também é abordado nos Capítulos II e VI

CAPÍTULO IV

O Filho do Vizinho

O garotinho entrou em casa resolvido:

- Papai!

- Diga meu filho.

- Estou resolvido.

- O quê?

- É isso mesmo que você ouviu. Desta vez estou resolvido.

- Pois muito bem - sorriu o pai - agora me diga. Resolvido a quê?

- Ora, isso não lhe interessa, pois fui eu que resolvi!

- Bem...

Bem, o quê? O pai, pego de surpresa com aquela simples frase sentiu como se o mundo fosse desmoronar. Todas as teorias psicológicas e infantis iam por água abaixo porque ele, pai presente e participante da vida do filho, não esperaria jamais ouvir isso. Freud procuraria uma cadeira. Piaget talvez acendesse o cachimbo e formulasse nova teoria. No entanto, não era um nem outro que estavam ali. Era apenas ele, o pai que achava até um segundo atrás que era verdadeiramente o herói de seu pequeno filho. Tentou novamente:

- Bem...

Sim, bem! Mas bem o quê? Como responder? Ou seria melhor nada fazer. Um tapa na boca do garoto para que aquilo não se repetisse antes que a situação saísse de controle. Ou seria melhor arriscar e insistir na conversa? Todavia, isso poderia ser perigoso. Mais duas respostas deste tipo, formuladas pelo garotinho, e o clima naquela casa ficaria insuportável. E de quem seria a culpa, dele ou da mãe? Afinal, ele trabalhava o dia todo e cabia a sua esposa acompanhar a formação das crianças, pelo menos esse era o combinado. Cabia a ela cuidar dos filhos, mas pelo jeito... E agora é que são elas? Deveria discutir com o filho ou com a esposa? Certamente ela não gostará do que irá ouvir e a discussão não vai parar por aí até que um divórcio ponha fim a esse dilema. Não, isso não. Um divórcio não estava na agenda do casal. Ou deveria estar?

Entretanto, não era o divórcio em questão, mas sim a resposta do garotinho que seguia fitando o pai desafiadoramente. O silêncio daqueles segundos parecia uma eternidade. Seu pequeno filho vestido naquele calção azul claro, sem camisa e chinelo no pé, mãos sujas. Devia estar brincando com o filho do vizinho. Ôpa, o vizinho! É isso mesmo. Sempre se pode suspeitar do vizinho. O pai sabia, o vizinho não batia bem. E filho de vizinho, vizinho é. Será que o filho do vizinho andou metendo ideias anarquistas na cabeça do seu garotinho?

Agora a questão já não era mais divórcio, mas sim processo. Isso mesmo, um processo, pensou o pai já resolvido a tomar as medidas que fossem necessárias. Processaria o vizinho por incutir na cabeça de seu filho mal criação, vandalismo, falta de educação, sacanagem, etc., etc., além de má vizinhança, logicamente. Colocaria anúncios pagos em jornais alertando os vizinhos contra seus próprios vizinhos e levaria o processo judicial até as últimas consequências. Mandaria cartas a vereados conhecidos, à Sociedade Amigos de Bairro e até ao Presidente da República, embora esse último não tivesse vizinhos. Justiça seria feita.

Agora o pai se senta. Já está mais calmo e tem seu plano arquitetado. E até lhe deu um título em homenagem ao seu filho que o alertou contra o perigo do vizinho. Ele, como toda aquela idade e experiência, nunca havia realmente se dado conta desse risco. Só mesmo seu filho.

Mais tranquilo, chama o garoto que está logo à sua frente e tenta, mais uma vez, com todo o carinho e afeto que um pai pode empregar em poucas palavras:

- Bem, filho, resolvido a quê?

E o filho não resiste:

- Não vou mais brincar com o filho do vizinho. Escutei o pai dele falando que eu quero pôr coisas na cabeça do filho dele.

Capítulo IV

Deveres dos Pais para com os Filhos

Por definição a família é a base da sociedade, merecendo proteção fundamental do Estado. Goza de direitos à intimidade e à vida privada de seus membros, mas quando o assunto é a proteção de crianças e adolescentes (ou de qualquer parte vulnerável ou minorizada) essa salvaguarda é limitada e restrita em nome de um bem maior. O famoso ditado *"em briga de marido e mulher ninguém mete a colher"* tem se tornado cada vez mais inabitual. A plena liberdade e autonomia dos pais acerca dos métodos de educação empregados em seus filhos não são absolutos.

Isso porque, o *Estatuto da Criança e do Adolescente* (Lei nº 8.069/90) em seus artigos inaugurais já determina que a "*criança e o adolescente gozam de todos os direitos fundamentais inerentes à pessoa humana*". O que implica dizer por mera e óbvia consequência que devem ser assegurados às crianças e aos adolescentes o "*desenvolvimento físico, mental, moral, espiritual e social, em condições de liberdade e de dignidade*"[1],

1 Art. 3 da Lei nº 8.069/90.

garantias essas que estão contempladas no princípio da proteção integral identificado como sendo "*uma hiperdignificação da sua vida*":

> Significa que, além de todos os direitos assegurados aos adultos, afora todas as garantias colocadas à disposição dos maiores de 18 anos, as crianças e os adolescentes disporão de um *plus*, simbolizado pela completa e indisponível tutela estatal para lhes afirmar a vida digna e próspera, ao menos durante a fase de seu amadurecimento.[2]

Acresça a isso o artigo 4° do *Estatuto da Criança e do Adolescente* demonstrando de forma clara que o dever para com essa parte da população não é exclusivo do pai ou da mãe ou até mesmo da família, vez que:

> É dever da família, da comunidade, da sociedade em geral e do poder público assegurar, com absoluta prioridade, a efetivação dos direitos referentes à vida, à saúde, à alimentação, à educação, ao esporte, ao lazer, à profissionalização, à cultura, à dignidade, ao respeito, à liberdade e à convivência familiar e comunitária.

A proteção integral da criança e do adolescente demanda tarefa conjunta de todas as camadas sociais e poderes públicos, não devendo ser restrita ao poder familiar, pois, sem a estrutura adequada, nem o mais empenhado núcleo familiar conseguirá atender inteiramente a todas as necessidades de uma criança que, como visto, extrapolam as básicas concernentes à alimentação e **à** educação, abrangendo tudo o quanto necessário para um desenvolvimento pleno e digno.

---

2 NUCCI, Guilherme de S. Estatuto da Criança e do Adolescente - Comentado. (5th edição). Grupo GEN, 2020.

Os principais deveres dos pais para com seus filhos, não importando a configuração familiar, seja biparental, seja monoparental[3], estão contemplados no instituto da guarda, que por sua vez implica na prestação de assistência material, moral e educacional.

Aquele que detém a guarda de uma criança ou adolescente, e aqui cabe desde já pontuar que nem sempre serão os genitores, deve prover o sustento dos menores sob seus cuidados, o que não significa a obrigatoriedade de altos rendimentos e contas bancárias abastadas. Incumbirá, por consequência, garantir que estejam inseridos no sistema educacional competente a ser escolhido pelo responsável ou designado pelo órgão governamental local e por fim, devendo prover um ambiente saudável e adequado para o desenvolvimento dos menores, garantindo a sua segurança emocional, lazer, convivência e tudo o quanto necessário para observância extrema da dignidade da pessoa humana.

Nesse último ponto se encontra um dos maiores desafios que envolvem a pauta da criança e do adolescente, que é justamente entender tal parcela da população como titulares dos mesmos direitos, sem condicioná-la a uma subclasse social. Não importando a idade, todos tem direito à liberdade, à integridade física, à saúde, à honra etc.

É diretamente responsável por assegurar o exercício destes direitos aquele que tem a criança ou adolescente sob seu cuidado e exerce sobre o menor o poder familiar, a autoridade parental. O "*poder familiar, ou melhor, a autoridade parental, não é o exercício de um poder ou uma supremacia, mas de um encargo imposto pela paternidade e maternidade, decorrente da lei*" isso é, "[...] *o conjunto de direitos e deveres atribuídos aos pais com relação aos filhos menores e não emancipados, com relação à pessoa destes e a seus bens*".[4]

---

3 Explicado no Capítulo X

4 VENOSA, Sílvio de S. Direito Civil - Família e Sucessões - Vol. 5. Grupo

Contemplada no exercício do poder familiar está a guarda dos menores, e por guarda temos a posse de fato. O Código Civil atual, no artigo 1.583 determina que "*a guarda será unilateral ou compartilhada*", diferenciando no parágrafo 1° que a guarda *unilateral* é aquela atribuída apenas a um dos pais e a *compartilhada* aquela na qual ocorre não apenas a responsabilização conjunta, compartilhada, como também o exercício conjunto do poder familiar pelos pais.

A guarda unilateral, como o próprio nome já diz e por definição do texto legal, é exercida por apenas um dos pais, e apenas será aplicada nos casos em que a guarda compartilhada se mostrar inviável. Vemos na prática forense a guarda compartilhada como regra e outras modalidades como exceção, tendo os juízes e juízas das varas de família a difícil tarefa de compatibilizar o melhor interesse do menor com as possibilidades ofertadas pelos pais, mesmo nos casos em que a relação entre os responsáveis é lamentavelmente tormentosa.

Na modalidade unilateral, um dos pais individualmente tomará as decisões que julgar cabíveis e adequadas no cuidado com os filhos menores, preservado ao excluído do processo de tomada de decisão o direito de convivência traduzido nas visitas e o direito de supervisionar os interesses dos filhos. Aqui é sempre importante destacar que mesmo a posse sendo apenas de um, ambos os pais continuam a exercer o poder familiar, cada qual dentro do seu campo de atuação, àquele detentor da guarda unilateral cumprirá tomar as medidas e providências que entender necessárias para a condução da melhor educação e criação dos filhos, cabendo ao outro monitorar e questionar sempre que julgar necessário em nome do melhor interesse do menor.

Já na guarda compartilhada, os pais tomam todas as decisões acerca da educação e criação dos filhos conjuntamente e são

---

GEN, 2021.

igualmente responsáveis pelo desenvolvimento da prole comum e pelo cumprimento de todos os deveres já citados nos parágrafos anteriores relacionados com sustento e desenvolvimento dos menores, cenário que demanda a relação cordial dos pais entre si, visto que precisarão estar alinhados e em constante diálogo para atingir consensos e, eventualmente, fazerem concessões.

Uma guarda compartilhada de sucesso exigirá dos pais, no mínimo, uma comunicação funcional, e no melhor dos casos, que seja sempre sadia e respeitosa, embora cediço que nem sempre será possível, sobretudo nos casos, não raros, de passado conturbado e traumático vivenciado pelas partes quando advindas de uma relação amorosa finda de forma turbulenta.

Na modalidade compartilhada, o menor estabelecerá residência fixa com um dos pais, e conviverá com o outro da maneira que melhor lhe atender, a fim de que tenha tempo de qualidade de forma sempre equilibrada com ambos.

Ainda, importante pontuar uma terceira modalidade ainda não inteiramente consolidada e não constante do Código Civil em vigor, mas que aparece com ressalvas no mundo real, a chamada *guarda alternada*. Nesse modelo, a guarda segue compartilhada, mas ao invés de fixar residência em um dos endereços dos genitores, cabendo ao outro as visitas que vierem a ser definidas, o filho menor se alterna entre as residências dos pais (ou até mesmo os pais se alternam para ocupar a residência na qual o menor for acomodado), a fim de que cada genitor exerça de maneira exclusiva a posse do filho por um determinado período, de forma intercalada. Isso é, exemplificativamente, na guarda alternada o filho poderá passar uma semana ou quinzena com cada genitor de forma exclusiva, revezando-se entre as casas. Os que defendem esse formato sustentam que o modelo permite uma convivência igualitária e por períodos maiores com o menor, ajudando na construção de relacionamentos mais sólidos entre pais e filhos com participação efetiva na formação do menor. Os que divergem alertam que o sistema, embora à primeira vista pareça mais justo, acarretará indubitavelmente uma disputa entre os pais para tornar o seu período mais agradável ou atraente ao menor, possivelmente forçando concessões ou benesses que podem ser prejudiciais na formação dos filhos. Alegam que a troca constante de endereço os deixa sem rotina, sem o seu espaço próprio, o que é fundamental aos menores. Seria uma solução que interessa mais aos pais do que aos filhos, invertendo quem deve ser preservado.

Na falta dos pais, a guarda será exercida por tutor, que poderá ser previamente nomeado em testamento, conforme preceituam os artigos 1.728 e 1.729 do Código Civil.[5] Também nesse cenário o testamento se mostra uma ferramenta importante, de orfandade, permitindo ao genitor/testador a indicação de pessoa de confiança do pai/mãe para cuidar de seus filhos em eventual concretização de uma morte prematura de ambos os ascendentes.

O tutor pode ser nomeado por força do falecimento dos pais ou porque estes venham a decair de seu poder familiar, temporária ou permanentemente, conforme o inciso II do mesmo artigo 1.728 do Código Civil. Por definição legal, perde o poder familiar, sempre por ato judicial, o pai ou mãe que, entre outros motivos graves elencados em rol, (i) castigar imoderadamente o filho ou (ii)

---

5 Código Civil
Artigo 1728. Os filhos menores são postos em tutela:
I – com o falecimento dos pais, ou sendo estes julgados ausentes.
II – em caso de os pais decaírem do poder familiar.
Artigo 1729. O direito de nomear tutor compete aos pais, em conjunto.
Parágrafo único. A nomeação deve constar de testamento ou de qualquer outro documento autêntico.

abandoná-lo, por exemplo. Como já dito, crianças e adolescentes, assim como adultos, têm direito à inviolabilidade de sua integridade física e moral, bem como a preservação de sua dignidade, sendo inadmissíveis atentados contra essas garantias, ainda mais por quem está legal, social e moralmente obrigado a protegê-las.

CAPÍTULO V

Ciúmes

- Eu não quero ficar viúva!

- Do que você está falando?

- Estou falando que não quero ficar viúva! Prefiro morrer antes de você.

- Que bobagem é essa agora! Do nada, em um domingo à tarde no sofá assistindo televisão e você resolve me comunicar que quer morrer de repente!

- Eu não quero morrer de repente! Só quero morrer antes de você. Não vou conseguir ficar sozinha.

- Você nunca vai estar sozinha. Temos famílias enormes.

- Não vai adiantar nada quando eu estiver sem você.

- E os nossos filhos? Esqueceu deles?

- Eu não esqueci de ninguém, mas filhos crescem e vão embora. Cada um vai cuidar da sua vida. E aí vou ficar sozinha nessa casa enorme sem ninguém para me fazer companhia, para cuidar de mim. Então já estou te avisando que quero morrer primeiro.

- Pois saiba que eu nunca pensei nesse assunto. E não somos nós que escolhemos quem vai primeiro. Isso está fora de nossa alçada.

- Ah, se eu rezar e pedir com jeito para Deus, quem sabe ele me escuta. Porque é um pedido sincero.

- E onde já se viu rezar para morrer?

- Eu não vou rezar para morrer! Deus me livre! Só quero morrer antes de você.

- Tá bom, tá bom. Já entendi. Agora chega dessa bobagem.

- Não é bobagem.

- OK, então não é bobagem. Se eu perceber em algum momento que vou morrer, aí eu te aviso. Tá bom assim? Se isso te deixa feliz, pode morrer antes de mim.

A esposa então relaxa porque a solidão para ela era pior do que a morte. Se recosta no marido, respira fundo e...

- Quando eu morrer, você vai se casar de novo?

- Como é que é?

- Você vai trazer outra mulher para nossa casa? Para morar aqui, usar o meu closet, dividir a nossa cama?

- Que conversa mais tétrica.

- Ah, é assim que as coisas funcionam. Eu sei muito bem. Olha o teu primo Haroldo que ficou viúvo não faz três meses. Disse para todos que perdeu a razão para viver. No entanto, semana passada foi visto saltitante passeando no shopping com a vizinha da casa dele que é uma divorciada muito que espevitada. Andam até dizendo que ele já devia ter um caso quando a pobre da esposa ainda era viva. E o Aurélio, teu amigo da sinuca? Outro que chorava que nem criança sobre o caixão da Cidinha, até recitou um lindo poema no velório, e onde ele está hoje? Você sabe?

- Não faço a menor ideia!

- Lógico que não faz! Porque ele enviuvou e nunca mais apareceu na sinuca. Todo mundo achando que era depressão, mas ele acabou sendo visto aos beijos e abraços no Facebook de uma menina bem mais novinha, que bem podia ser a filha dele, passeando alegremente em Buenos Aires.

- Deixa o Aurélio em paz, coitado dele.

- Coitada é a Cidinha que cuidava do Aurélio o tempo todo. Ele com aquela gastrite e a Cidinha cuidando da alimentação dele. Qualquer mudança de tempo o Aurélio ficava gripado e lá estava a Cidinha feito babá de criança com a medicação e separando a roupa dele. Agora eu te pergunto: você acha que essa menina que está com ele vai dar remédio quando ele precisar? Na primeira gripe ela vai largar o homem. Tá achando que vai achar outra Cidinha, ah, mais não vai mesmo.

- Bem, vamos deixar o Haroldo e o Aurélio tocarem a vida deles. O que importa é que nós estamos aqui e vamos ficar por muitos anos juntos e...

- Realmente vamos esquecer esses dois tarados!

- Meu bem, eles não são tarados...

- Pare de defender eles porque isso só piora a sua situação.

- Que situação?

- Você vai ficar viúvo, sozinho. Está com a vida arrumada, conservado. Vai chover mulher interesseira para o teu lado. E aí? Você ainda não respondeu. Vai casar de novo?

- Meu amor, pode acreditar. Eu nunca pensei nisso antes.

- Para isso não precisa pensar. É uma coisa que você deseja ou não deseja. Então tem que responder o que vem do fundo do seu coração.

- Bem, lá sei em que situação isso vai acontecer. Porém, eventualmente, eu poderia considerar a hipótese de casar novamente.

- Você está pensando em me trair? E ainda assume isso na minha frente!

- Eu nunca pensei em te trair.

- Como não? Acabou de falar que vai se casar de novo!

- Eu vou estar viúvo! Ora, eu também não quero ficar sozinho nesse mundo se você tiver ido embora antes.

- Que pressa, hein? Meu corpo nem esfriou no caixão e você já correrá atrás de um rabo de saia. Uma falta de vergonha de sua parte.

- Ah, mas foi você que perguntou!

- Lógico que fui eu. Quem é a traída aqui?

- Meu amor, ninguém traiu ninguém. Eu não morri. Você não morreu. Nós dois estamos vivos.

- Nós dois não. Nós três! Porque quando eu descobrir quem é essa sirigaita que você já está de olho. Pode acreditar. Eu acabo com ela. E depois mato você!

- Ah, mas se você me matar, vai ficar sozinha! Que é tudo que você não queria.

- Eu ia ficar sozinha, ia ficar! Agora que descobri seus planos, também vou procurar alguém para casar. Não nasci para ser trocada por outra mulher.

- Tá bom, tá bom. Então chegamos a um consenso.

- De jeito nenhum. Pode apostar. Você morre primeiro!

Capítulo V

Segundas Núpcias e Formação de Patrimônio

A família segue inquestionável como a base de uma sociedade que pretende ser perene. Sua formação tem origem em convenções que remontam a própria história da humanidade, sendo o casamento civil certamente a mais difundida. Outros formatos surgiram, desde a união estável até famílias multiparentais, mas qualquer que seja a sua estrutura, casais buscam o reconhecimento não apenas social, mas também jurídico.

Embora a formação de famílias seja desejável, não deve ser entendida como livre. A lei impõe um vasto conjunto de regras para o casamento civil (e suas variáveis, conforme o caso), permitindo ou proibindo sua formalização com base em um *padrão moral mínimo*, ainda que "*moral*" seja uma expressão muito discutível atualmente. Assim, na média do que é socialmente aceitável ou permitido, os legisladores se ocuparam em fixar normas e princípios que devem ser observados. Todos têm o direito de casar desde que... Neste capítulo vamos analisar especificamente as causas *impeditivas* e *suspensivas* do casamento.

De acordo com o artigo 1.521 do Código Civil estão impedidas de se casarem, sem possibilidade de convalidação, as seguintes pessoas: (I) os ascendentes com os descendentes, seja o parentesco natural ou civil – ou seja, pais/avós com filhos/netos; (II) os afins em linha reta – os familiares não por vínculo sanguíneo ou por adoção, mas decorrentes do casamento, neste caso, a madrasta/padrasto e o seu enteado; (III) o adotante com quem foi cônjuge do adotado e o adotado com quem o foi do adotante; (IV) os irmãos, unilaterais ou bilaterais, e demais colaterais, até o terceiro grau inclusive; (V) o adotado com o filho do adotante; (VI) as pessoas casadas – sob pena de cometerem o crime de bigamia; (VII) o cônjuge sobrevivente com o condenado por homicídio ou tentativa de homicídio contra o seu consorte.

Os impedimentos existentes podem ser opostos até o momento da celebração do casamento civil, por qualquer pessoa capaz que os conheça e denuncie. É aquele momento nas novelas, filmes e séries em que o celebrante informa a todos os presentes: "*Fale agora ou cale-se para sempre*", e em que, não raras vezes, informava-se que uma das partes era casada e tinha outra família...

Além das causas impeditivas, a lei também previu causas *suspensivas* para a celebração do casamento. Essas são questões de ordem social e moral, e diferentemente das causas *impeditivas*, permitem o casamento, impondo-lhe, porém, algumas sanções.

"Para evitar a confusão de patrimônios, pelo nosso Código Civil, art. 1.523, I, não deve ser celebrado o casamento de viúvo ou viúva que tiver filho do cônjuge falecido, enquanto não fizer o inventário dos bens do casal e der partilha aos herdeiros [...]. Para que não haja confusão de sangue, gerando um conflito de paternidade, pelo nosso Código Civil, art. 1.523, II, não deve ser contraído o casamento de viúva ou de mulher cujo matrimônio se desfez por ser nulo ou por ter sido anulado, até dez meses

depois do começo de viuvez, ou da dissolução da sociedade e do vínculo conjugal, salvo se antes de findo esse prazo der à luz algum filho ou provar inexistência da gravidez [...]".[1]

Também existem questões patrimoniais – e não morais – que podem retardar novas núpcias. É o caso do inciso III do mesmo artigo 1523 determinando que não devem casar "*o divorciado, enquanto não houver sido homologada ou decidida a partilha dos bens do casal*", tudo para se evitar a confusão patrimonial. Esta vedação cessa assim que o então divorciado tiver realizado a partilha da união anterior.

Também por proteção patrimonial o inciso IV do mesmo artigo estabelece que não devem casar "*o tutor ou o curador e os seus descendentes, ascendentes, irmãos, cunhados ou sobrinhos, com a pessoa tutelada ou curatelada, enquanto não cessar a tutela ou curatela, e não estiverem saldadas as respectivas contas*". Tal impossibilidade decorre de potencial ingerência que a pessoa tutora/curadora e seus parentes possam ter sobre os bens do tutelado ou curatelado, podendo ser uma forma reprovável de se ocultar dilapidação do patrimônio.

Aliás, caso fosse permitido o casamento sem nenhuma sanção, poderia haver a aquiescência por esta curatelada ou tutelada ao casamento, ainda que contra a sua vontade, expressando um consentimento forçado, já que a influência dos primeiros sobre ela é óbvia e natural.

Quando o casamento é realizado em desconformidade com as cláusulas suspensivas a lei impõe automaticamente – portanto, independentemente da vontade das partes e sem necessidade de escritura de pacto antenupcial – o regime da separação obrigatória de bens, buscando afastar desde logo litígios patrimoniais. Neste sentido determina o artigo 1641 do Código Civil:

---

1 DINIZ, Maria Helena. Manual de Direito Civil – São Paulo: Ed. Saraiva, 2011. Pg. 431.

> Artigo 1641. É obrigatório o regime da separação de bens no casamento:
>
> I – das pessoas que o contraírem com inobservância das causas suspensivas da celebração do casamento;
>
> II – das pessoas maiores de 70 (setenta) anos;
>
> III – de todos os que dependerem, para casar, de suprimento judicial

Não passa despercebida a imposição do regime da separação obrigatória de bens quando um dos nubentes é pessoa maior de 70 (setenta) anos. O espírito do legislador certamente era resguardar aquele que contraía núpcias em idade dita avançada, impedindo a formação de patrimônio comum. Este inciso vem sendo constantemente questionado por muitos operadores do Direito que o interpretam como um injustificado ataque ao pleno exercício da vida civil por uma pessoa que esteja capaz e que não pode sofrer restrição pela mera presunção que poderia ser lesada em novo relacionamento. Originalmente a imposição do regime de bens se aplicava a partir dos 60 (sessenta) anos, tendo a idade sido elevada aos atuais 70 (setenta) anos[2], sem que com isso as críticas tenham sido reduzidas.

Também por força deste inciso IV, aqueles casados pelo regime da *separação obrigatória* não se tornam herdeiros necessários como serão os casados pelo regime da *separação total*, vez mais dando tratamento diferenciado pela presunção que alguém poderia ser lesado.

Neste tema é importante que se diga que a imposição não se aplicará quando o casal já convivia ao menos em união estável antes dos 70 (setenta) anos.

---

2 Lei n° 12344/10

CAPÍTULO VI

O último desejo

- Café Photo de jeito nenhum! E não adianta insistir!

- Ah, mas querida irmã, esse foi o último pedido do nosso pai!

- Eu sei que foi o último pedido de nosso pai! Eu o ouvi dizer isso nos últimos suspiros, mas achei que não tinha entendido.

- Bem, então se você mesma ouviu acho que concorda que precisamos atender ao último pedido dele.

- Escute aqui, Marco Aurélio! - disse Olívia contrariada - Papai fez tudo o que quis na vida dele. E fez tudo errado. Eu, você, a pobre da mamãe que ele largou, a vizinhança inteira sabia das aventuras, para não dizer a cidade de São Paulo. Todo mundo sabia da conduta do nosso pai. Paciência! Ao menos na morte vamos dar um pouco de dignidade para ele.

- Dignidade é cumprir a última vontade do papai.

- Você só pode estar louco. Vamos cremar o papai e jogar as cinzas no meio de um puteiro?

- Olha essa boca, menina! Que modos são esses? - disse atônita Dona Ermelinda, irmã do falecido, que adentrara naquele momento a antessala do crematório - O que está acontecendo aqui?

- Tia, você não vai acreditar. Papai pediu para jogar as cinzas dele no Café Photo, a senhora está entendendo a loucura?

- Esse meu irmão, até na hora de morrer queria estar perto de um rabo de saia...

- Então, tia, e agora vamos fazer o quê?

- Eu acho que tem que cumprir a vontade do papai! - tentava insistir Marco Aurélio.

- Desista disto. É não e pronto - rebateu Olívia.

- Bem, - insistiu o irmão - mas é isso que ele queria... e depois, vou dizer uma coisa, não cumprir a última vontade do morto dá azar. A alma desce para reclamar e vira assombração.

- Vixe Maria, Cruz Credo! Joga essa boca pra lá, Marco Aurélio - disse a tia Ermelinda.

- Ah, mas não é tão simples assim - registrou o tio Bartolomeu, irmão caçula do falecido que vinha em passos lentos logo atrás - pode até ser que Marco Aurélio tenha razão. Já ouvi histórias terríveis, inclusive na nossa família. Ouvi dizer que até hoje a viúva do primo Ermenegildo escuta vozes à noite porque não cumpriu a última vontade do finado marido. Ele queria ser enterrado com o uniforme completo do Palmeiras. Dizia ser um talismã da sorte, mas ela disse que não era elegante e enterrou de terno mesmo. Até hoje vozes aparecem para reclamar do além. Quando o Palmeiras perde então, ela mal consegue dormir e diz que sente que estão puxando o cobertor da cama dela!

- E é história verdadeira - aquiesceu Tia Ermelinda - eu mesma já ouvi a viúva do Ermenegildo dizendo que essa praga não ia embora. Chegou a consultar a administração do cemitério para trocar a roupa do falecido já enterrado e colocar o uniforme do Palmeiras, mas não conseguiu. Sei não... E o nosso irmão era tinhoso, se não era do jeito dele, não aceitava.

- Mas, tia, dizia a sobrinha desconsolada, não tem condição um negócio desses. E quem vai levar a urna lá para jogar as cinzas? Porque eu não vou entrar lá... né?

- Eu levo - disse Marco Aurélio - ao mesmo tempo em que tomava um sopapo na cabeça vindo diretamente de sua esposa:

- Escuta aqui, meu amor, nem pensar. Se o seu pai quer ir terminar os dias com aquelas vadias, tudo bem... mas, você nem ouse...

- Não fale assim do meu pai - reclamou a irmã - ele merece respeito.

- Vamos lá, não sejamos cínicos - disparou contrariada a cunhada - sei muito bem quem era o meu sogro e não vou deixar o filho dele passar nem por perto daquele antro.

Bartolomeu, irmão do falecido, ouvia sem intervir. Beato convicto há quem conte que deveria ter seguido o sacerdócio.

- Puxa, tio, desculpou-se Olívia - não é certo falar assim de seu irmão, mas o senhor sabe como ele era.

- Deixem pra lá crianças, seu pai teve a vida que escolheu - e embargando a voz como se preparando para o discurso que deveria fazer na despedida lembrou - *memento homo, quia pulvis es et in pulverem reverteris*, lembra-te, homem, que és pó e em pó hás de tornar. Deixem que o Senhor julgue seu pai! Não nos cabe fazer isso.

- Lindas palavras, Bartolomeu, registrou a irmã Ermelinda, emocionada - acho que você tem razão.

A filha do falecido ficou sem jeito.

- Bem, se vocês que são irmãos acham isso, fazer o quê? Agora quero saber quem vai levar a urna naquele lugar.

Marco Aurélio, que já havia levado um sopapo da esposa, nem tencionou abrir a boca. Olívia olhou o próprio marido com tamanha reprimenda que ele também se recolheu. Os olhos se voltaram para a irmã do falecido:

- Ah não, isso não. Meu irmão que me desculpe, mas também não posso ir lá. E se me confundem com uma daquelas mulheres... - o que todos aquiesceram respeitosamente, ainda que a idade e as formas rechonchudas da tia Ermelinda deixassem ela razoavelmente fora do padrão local.

Na roda só restou o beato Bartolomeu:

- Não dá - adiantou-se a filha do defunto - colocar o tio Bartolomeu em um lugar desses não combina.

- E agora, reclamou Marco Aurélio - ficamos brigando tanto e não tem quem leve a urna do papai até lá.

Bartolomeu, cabisbaixo e de voz consternada, disse:

- Se essa era a vontade de nosso querido irmão, que jaz no descanso eterno, então cabe a mim a cota de sacrifício para cumprir sua última vontade e dizemos todos Amém - o que os entes queridos repetiram em coro.

Terminada a cerimônia de cremação o beato Bartolomeu despediu-se respeitosamente de todos e silenciosamente saiu com a urna contendo os restos mortais do falecido irmão. Marco Aurélio aproximou-se e disse meio sem jeito:

- Tio, quando o senhor chegar lá no Café Photo, tem que apresentar documento e vai ter que pagar a entrada. Toma um dinheiro aqui porque já que o senhor não vai aproveitar o lugar mesmo, não é justo usar do seu.

Bartolomeu recusou prontamente. Abriu um sorriso e disse:

- Você paga entrada no Café Photo?! Eu e seu pai só usávamos a porta lateral, clientes cativos há anos - e sorrindo se despediu com um pedido - quando eu morrer, não esqueça de me deixar com o seu pai!

Capítulo VI

Disposições de Última Vontade

Pela definição do artigo 1858 do Código Civil, testamento "*é ato personalíssimo, podendo ser mudado a qualquer tempo*", isso é, documento revogável que demanda declarante (testador) civilmente capaz, sendo vedada a representação por procurador. O testamento contém as disposições de última vontade, seus últimos desejos, é o ponto final, cujo texto não se limita à destinação de bens e direitos, podendo inclusive conter disposições de caráter não patrimonial admitindo que *"são válidas as disposições testamentárias de caráter não patrimonial, ainda que o testador somente a elas se tenha limitado"*.[1]

Desde já afastamos o estereótipo de que apenas pessoas com patrimônio devem testar, considerando que o Código Civil reconhece a possibilidade de testamentos que se resumem e limitam às disposições de caráter não patrimonial. Nesse sentido, qualquer pessoa pode se utilizar do instrumento do testamento para reconhecer

---

1 Artigo 1.857, § 2º do Código Civil.

filhos havidos fora da união formal[2], confirmar a existência de convivência em união estável, ou até mesmo em uma toada melancólica análoga às cartas de despedida, para exarar conselhos, agradecimentos, confissões ou orientações.

Existindo patrimônio e sendo utilizado o testamento como veículo para destinação destes bens e direitos, na existência de herdeiros necessários – descendentes, ascendentes e cônjuge ou companheiro(a) – o testador ou testadora deve sempre observar que "*a legítima dos herdeiros necessários não poderá ser incluída no testamento*"[3], de forma que somente poderá dispor livremente da parcela, como o próprio nome já diz, disponível de seus bens.

Para correto entendimento, faz-se necessário voltarmos às definições das parcelas **legítima** e **disponível** registrando, antes de mais nada, que estas serão consideradas após a exclusão da meação do cônjuge ou companheiro sobrevivente (conforme regime de bens adotado pelo casal). Por determinação legal, por ocasião da abertura da sucessão – entenda-se o momento do falecimento – 50% (cinquenta por cento), isto é, metade do patrimônio, é obrigatoriamente considerado parcela **legítima**, a qual deverá ser igual e obrigatoriamente atribuída aos herdeiros necessários, que por sua vez, como já exposto, são os descendentes, ascendentes e cônjuge ou companheiro(a). A outra metade constitui a parcela disponível e poderá ser livremente atribuída mediante disposição testamentária de acordo com a vontade do testador e titular dos bens, conforme se infere do gráfico a seguir:

2 Tema tratado no Capítulo 2

3 Artigo 1.857, § 1° do Código Civil.

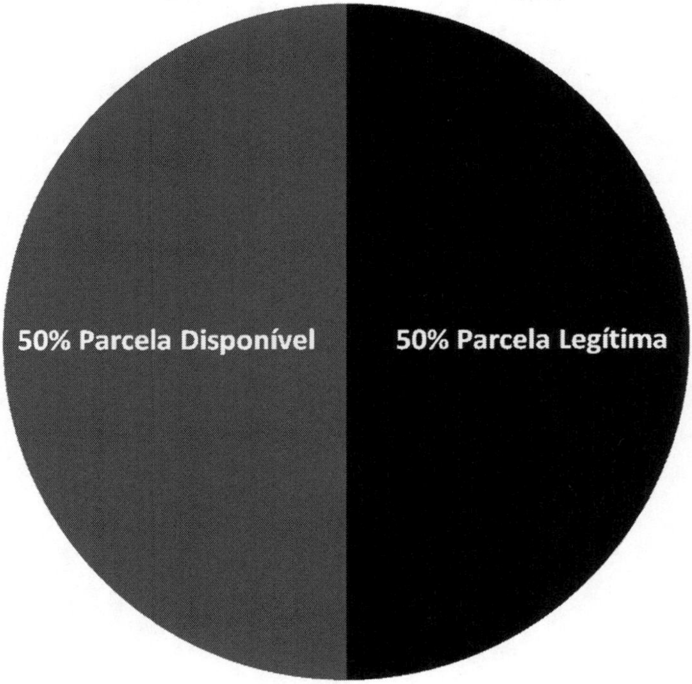

Há que se observar que, se o hipotético testador for casado ou conviver em união estável sob os regimes da comunhão parcial ou universal de bens, 50% (cinquenta por cento) de seu patrimônio deverá ser atribuído ao cônjuge ou companheiro(a) como meação, ou seja, ele detém copropriedade dos referidos bens por força do regime de bens adotado no início da relação, o que não se confunde com direitos sucessórios. Isso porque, em referidos regimes é regra geral a comunicação dos bens adquiridos por qualquer um dos cônjuges ou companheiros, devendo-se se analisar apenas a origem no regime da comunhão parcial de bens, se onerosa ou gratuita, para comunicar-se ou não o ativo.[4] No regime de comunhão universal, independentemente da origem, se onerosa ou gratuita, comunicam-se todos os ativos entre os cônjuges.

Neste cenário, 50% (cinquenta por cento) do patrimônio total é meação e outra metade é herança, sendo que 25% (vinte e cinco por cento) do patrimônio total é parcela **legítima** – obrigatoriamente atribuída aos herdeiros necessários - e 25% (vinte e cinco por cento) do patrimônio total é parcela **disponível**, como se infere do gráfico explicativo.

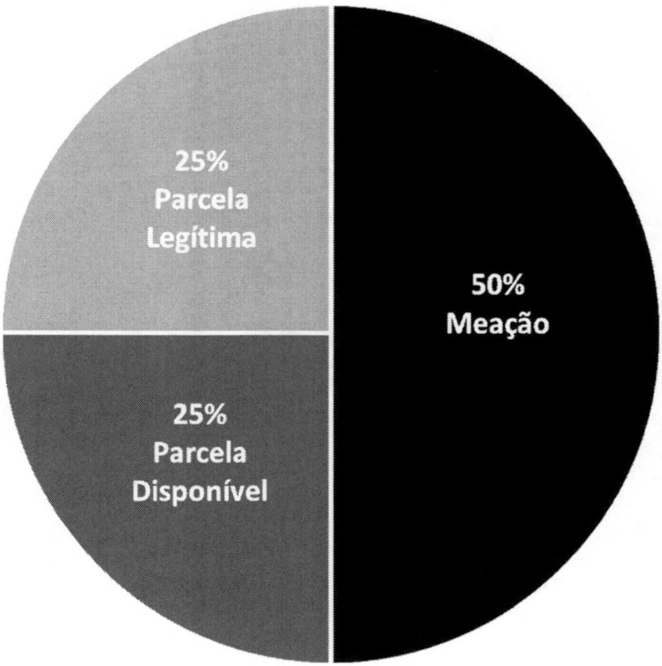

4 Os regimes de bens são comentados no Capítulo XIII

Em sendo casado nos regimes da separação de bens, seja consensual ou obrigatória por lei em razão da idade, inexiste o instituto da meação, devendo a integralidade do patrimônio ser considerada herança, de forma que a divisão prevalecente é a de 50% (cinquenta por cento) do patrimônio total como parcela legítima e 50% (cinquenta por cento) do patrimônio total como parcela disponível.

Dito isso, em suma e conclusão, se existentes herdeiros necessários, apenas a parcela disponível poderá ser atribuída livremente, de acordo com a vontade do testador, a quem ele bem desejar, não necessariamente seus herdeiros necessários, mas também terceiros, instituições beneficentes, organizações com alguma causa, um parente distante, enfim, a quem desejar dispensada a justificativa. Se inexistir herdeiros necessários ao testador, todo o patrimônio poderá ser destinado em testamento.

A menção ao cônjuge ou companheiro sobrevivente, ora como meeiro, ora como herdeiro necessário, causa algumas confusões que precisam ser afastadas. É necessário destacar que jamais se estará nas duas posições ao mesmo tempo. Ou seja, nos bens em que houver meação o cônjuge ou companheiro não participará como herdeiro necessário na parcela legítima (salvo se inexistir descendentes e ascendentes); nos bens excluídos da meação, o cônjuge ou companheiro será herdeiro necessário na parcela legítima concorrendo com descendentes ou ascendentes (ainda assim excepcionando-se o regime da separação obrigatória).

Na ausência de testamento, os bens da parcela legítima serão atribuídos seguindo-se a ordem de vocação hereditária[5], conforme o rol de herdeiros elencados pela lei como aqueles que deverão suceder, respeitando-se as classes de herdeiros existentes, enquanto a

5 Comentada no Capítulo II

parcela disponível será atribuída conforme testamento. Inexistindo disposições testamentárias a parcela disponível será partilhada da mesma forma da parcela legítima.

Desde que respeitados os percentuais mínimos atribuídos por lei *"pode o testador indicar os bens e valores que devem compor os quinhões hereditários, deliberando ele próprio a partilha, que prevalecerá, salvo se o valor dos bens não corresponder às quotas estabelecidas"* (artigo 2014 do Código Civil).

Os testamentos, por serem atos solenes, sempre deverão ser feitos em absoluta observância aos requisitos legais impostos, de existência, validade e eficácia, afastando assim a tentativa de invalidação por quem se sentir eventualmente prejudicado.

Acerca da sua forma, pode ser feito por instrumento público, mediante lavratura de escritura perante duas testemunhas e na presença do tabelião de notas, que dará fé do quanto disposto. Apesar da nomenclatura, a cópia do testamento "público" somente poderá ser acessada pelo próprio testador enquanto vivo, sendo que terceiros, sejam familiares ou não, apenas conseguirão saber em qual cartório se encontra a escritura de testamento e acessar seu conteúdo após o falecimento do testador. O Colégio Notarial do Brasil mantém registrados os atos notariais, a exemplo do testamento, praticados na maioria dos estados da federação.

O testamento também poderá ser feito de forma particular e para tanto poderá ser escrito pelo testador de próprio punho ou por "processo mecânico", leia-se, digitalmente, e por ele assinado e lido na presença de três testemunhas qualificadas no testamento, que deverão assinar o documento junto ao testador. É necessário o registro do testamento particular no Cartório de Títulos e Documentos a fim de se garantir a segurança do quanto ali disposto, visto que esse procedimento torna ineficaz qualquer maliciosa alteração fraudada por outrem após sua assinatura.

O Código Civil ainda dispõe das modalidades de testamento cerrado, sendo este muito peculiar, porquanto possa ser escrito pelo próprio testador, ou por alguém a seu pedido, em caráter sigiloso, sempre na presença de três testemunhas. O documento será levado ao tabelião de notas que irá cerrá-lo, leia-se, costurá-lo, e lacrá-lo, com cera quente, devolvendo-o ao testador sem tomar conhecimento do conteúdo. Caberá ao testador depositar o documento em local seguro e reservado ou entregá-lo a alguém de sua confiança para quando de seu falecimento o testamento ser apresentado ao juiz, que o abrirá e o fará registrar e cumprir.

Ainda, existem as modalidades de testamento especial, a saber, marítimos, aeronáuticos e militares, feitos em circunstâncias adversas como exemplo, a bordo do navio ou em campanha com o exército.

Outras questões relevantes, que não propriamente a sucessão, merecem atenção quando abordamos situações indesejáveis dentro de um núcleo familiar. Cabe neste capítulo apresentar os instrumentos de Diretivas Antecipadas de Vontade e Escritura Declaratória de Indicação de Curador, ambos importantes para regulamentar cuidados e procedimentos em caso de eventual incapacidade ou doenças com quadros terminais e irreversíveis.

A primeira conhecida como DAV – Diretivas Antecipadas de Vontade, foi regulamentada pela Resolução CFM nº 1.995/2012 do Conselho Federal de Medicina (CFM) cujo objetivo é "*definir diretivas antecipadas de vontade como o conjunto de desejos, prévia e expressamente manifestados pelo paciente, sobre cuidados e tratamentos que quer, ou não, receber no momento em que estiver incapacitado de expressar, livre e autonomamente, sua vontade*".

Mediante a lavratura da DAV, o declarante civilmente capaz tem a possibilidade de previamente definir os tratamentos que deseja ou não receber caso, e somente neste caso, se encontrar em quadro clínico irreversível ou estágio terminal de alguma doença fatal. Neste documento poderá ser orientado às pessoas de confiança do declarante que junto à equipe médica responsável persiga todos os tratamentos disponíveis e/ou experimentais para o prolongamento da vida e previamente autorizar toda e qualquer intervenção, ou em sentido contrário, que não seja tomada nenhuma medida de prolongamento artificial da vida se constatada inatividade cerebral ou a configuração do estado vegetativo. Importante registrar que não se trata de eutanásia – prática proibida no Brasil – mas em tratamento que não foca na longevidade do paciente e sim na sobrevida com mais qualidade e sem os infortúnios da doença.

Por sua vez, a Escritura Declaratória de Indicação de Curador é para o caso de incapacidade civil temporária ou permanente como estado comatoso ou doenças degenerativas. Neste documento, de cunho exclusivamente patrimonial, são indicadas as pessoas que deverão administrar e gerir os bens, o que não supre a necessidade da ação de interdição para nomeação judicial de curador.

CAPÍTULO VII

Que nome lindo

- Bervaldo.

- O quê?

- Bervaldo!

- Pera aí, meu amor! Você quer dar para o nosso filho esse nome? De onde você tirou isso?

- Bem, eu quero homenagear meu pai. Já, você, quer homenagear o seu pai! Desde que descobrimos que é um menino eu estou dizendo que quero homenagear meu saudoso pai Bernardo e agora que nasceu chegou a hora de fazê-lo.

- Ah, mas isso não é justo. Meu pai também deixou saudades. Por que não chamamos de Oswaldo?

- Então, exatamente, para não ter discussão fiz a junção dos dois. Bernardo mais Oswaldo. E nosso lindo filho se chamará Bervaldo.

- Teremos o filho mais lindo do mundo com o nome mais horrível que já conheci.

- Se não gostou, então deixa Bernardo.

- Não deixo coisa nenhuma! E nosso filho não vai se chamar Bervaldo! Vai reclamar a vida inteira. Vamos procurar outro nome, ok?

- E agora?! Já são quatro da tarde. Preciso ir ao Cartório de Registro Civil antes que feche. O coitado já tem três dias de vida e ainda não tem nome. Pode ser traumático para o futuro dele.

- Não exagera, meu amor. Ele não é coitado nenhum porque ainda não escolhemos o nome. No entanto, se escolhermos errado, aí será coitado a vida toda.

- Achei que a ideia de misturar as duas famílias ia ser legal. Você não gostou?

- Gostar eu gostei, mas precisamos pensar melhor. Temos famílias tão grandes, não vai ser difícil. Aliás, vamos primeiro escolher as pessoas que gostamos de cada família e depois tentamos fazer um nome bonito.

Ele arrisca:

- Pode misturar nome de homem com de mulher?

Ela reflete um pouco...

- Não vejo problema. Então cada um fala um nome e aí tentamos juntar. Que tal?

- OK, vamos lá, começa você que é a mãe. Para não dizerem que não sou um cavalheiro.

- OK - diz ela toda animada - deixa eu pensar em alguém da minha família para homenagear... já sei! Tia Corina. Isso, essa é minha sugestão. E você?

- Bem eu gostava muito do Tio Nélio. Acho que podemos misturar os dois e ficará .... Cornélio!

Os dois se entreolham. Resolvem buscar outra alternativa. Disse o pai:

- OK, agora eu começo.... já sei! Vovô Tarcísio, que tal?

- Bem lembrado. E eu posso homenagear meu Avô Adão e aí nosso filho se chamará... Taradão!

- Acho melhor não... vamos tentar com parentes mais distantes... quem sabe nossos primos? Porque aí o leque de nomes é maior.

O pai concordou e deixou novamente a mãe dar a primeira sugestão:

- Vamos lá, vamos lá... deixa eu pensar. Já sei! A prima Vanda. Adorei! E você, diga rápido, que primo quer homenagear?

- Bem, podia ser o Diogo... e aí nosso filho se chamará Vadio!

- Não ficou legal, né? Ter um filho chamado de Vadio não pega bem. Depois ele não vai trabalhar e ainda vai dizer que foi sina da gente...

A mãe suspira. O pai nervoso, desanima. Olha o relógio. O Cartório vai fechar e lá se vai mais um dia com o filho sem nome. A mãe coça a cabeça, pensa um pouco e pergunta para o pai:

- Sem nenhum comprometimento, mas Bervaldo se escreve com "v" ou com "w"?

Capítulo VII

Registro Civil dos Filhos

Felizmente para alguns, nomes não são eternos. Além da conhecida possibilidade de adição do nome do cônjuge, seja do marido ou da esposa quando do casamento (e agora também da união estável), o ordenamento jurídico brasileiro possibilita a alteração do nome, do sobrenome e até mesmo inclusões e/ou exclusões, cabendo sempre analisar o caso concreto para entender o encaminhamento a ser adotado.

O Código Civil entende que o nome é composto pelo prenome e sobrenome e constitui um dos direitos da personalidade. Neste sentido, o Enunciado nº 274 da IV Jornada de Direito Civil esclarece que os direitos de personalidade são expressões do princípio da dignidade da pessoa humana[1], sendo este um dos principais motivos

1 "Os direitos da personalidade, regulados de maneira não-exaustiva pelo Código Civil, são expressões da cláusula geral de tutela da pessoa humana, contida no art. 1°, inc. III, da Constituição (princípio da dignidade da pessoa humana). Em caso de colisão entre eles, como nenhum pode sobrelevar os demais, deve-se aplicar a técnica da ponderação".

pelos quais a regra geral de imutabilidade do nome deve ser modulada diante da ameaça de lesão aos direitos fundamentais. Em suma, a regra é a imutabilidade, mas comporta sólidas e diversas exceções que serão tratadas nesta ocasião.

A Lei reguladora da possibilidade de alteração do prenome e sobrenome é a Lei nº 6.015/73, conhecida como *Lei de Registros Públicos*, e pela anterior redação do artigo 57 determinava que "*a alteração posterior de nome, somente por exceção e motivadamente, após audiência do Ministério Público, será permitida por sentença do juiz*", enquanto o artigo 58 da mesma lei dispõe que "*o prenome será definitivo, admitindo-se, todavia, a sua substituição por apelidos públicos notórios*".

O primeiro artigo apresentava requisito altamente abstrato para a alteração ao definir que poderá ser feita de forma excepcional e motivada. Ora, de pronto, já se vislumbra a difícil tarefa de delimitar o que configuraria então motivo suficiente para a alteração do nome, cabendo a cautelosa análise de cada caso concreto com cuidado, observância das balizas legais e principalmente empatia, visto que como exposto estamos diante de um dos pilares da dignidade humana.

Começando pelo prenome, o artigo 56 da mesma Lei nº 6.015/73 determinava que qualquer pessoa "*no primeiro ano após ter atingido a maioridade civil, poderá, pessoalmente ou por procurador bastante, alterar o nome, desde que não prejudique os apelidos de família*". Desde que mantenha os sobrenomes de família, qualquer pessoa, ao completar 18 (dezoito) anos e, portanto, a maioridade civil no Brasil, poderia, sem a necessidade de comprovação de motivo justo, alterar seu prenome.

Desse modo, apenas alguns estados permitiam a modificação em comento diretamente em Cartório de Registro Civil, assim que houvesse o atingimento da maioridade civil, como era o caso do

Estado de São Paulo. Em outros se fazia necessário entrar com o procedimento judicial, perante a Vara de Registros Públicos.

A razão de ser da regra anterior residia no fato de que o prenome, por óbvio, é escolhido pelos pais registrais sem o consentimento do filho ou filha e ocasionalmente podem ser nomes que desagradam seus próprios titulares; então nada mais justo que, uma vez adultos, pudessem exercer sua autonomia e se quisessem, escolher nome diverso daquele registrado que esteja mais bem alinhado aos seus gostos e preferências.

No entanto, ultrapassado o prazo de 1 (um) ano da maioridade civil, a mudança de prenome somente poderia ser feita pela via judicial.

A ação então proposta era a de *retificação de registro civil*, que podia ser distribuída tanto na comarca de residência do autor da ação quanto naquela onde foi lavrado o assento. Em algumas jurisdições podiam ser encontradas discussões relacionadas à competência territorial, o que demandava pesquisa da jurisprudência local antes do ajuizamento.

Importante pontuar que a mudança de prenome não se confunde com a celebrada possibilidade de utilização do nome social, igualmente indispensável à preservação da dignidade da pessoa humana. O nome social, por disposição legal é "*designação pela qual a pessoa travesti ou transexual se identifica e é socialmente reconhecida*"[2] e é aplicado nos casos em que o nome registral de alguém não reflete a sua identidade de gênero. A inclusão do nome social deverá ser requerida pelo interessado aos órgãos e entidades da administração pública. Destacamos que a providência no caso do nome social é de mera inclusão, que não altera o registro civil.

Feito esse esclarecimento, além da possibilidade legal dada pelo parágrafo único do artigo 58 da Lei nº 6.015/73 de admitir

2 Art. 1°, parágrafo único, I do Decreto nº 8.727/2016.

a alteração "*em razão de fundada coação ou ameaça decorrente da colaboração com a apuração de crime*", jurisprudencialmente os motivos que permitiam a alteração do prenome, entre outros, costumavam estar relacionados com grafia incorreta e principalmente, o poder do prenome de expor seu dono ao ridículo, de ser objeto de piadas e constrangimentos. Dentro do caráter excepcional da imutabilidade do prenome, também cumpria a quem pretendia alterar o seu demonstrar que social e popularmente, de forma notória, é conhecido pelo nome pretendido e não pelo registral.

Ou seja, vontade não era o suficiente, e o requerente da ação de retificação de registro civil devia demonstrar o constrangimento ao qual era submetido por força de seu prenome. Exemplo disso foi caso julgado pelo Tribunal de Justiça do Estado do Paraná que não acolheu os motivos de *bullying* expostos pelo autor da ação por entender que o pronome "*por si só, não tem o condão de expor o requerente ao ridículo e que, de modo geral, não causa qualquer grande impacto na vida dele*"[3], havendo a necessidade de convencimento do juiz ou juíza que receber a ação.

Já a mudança do sobrenome geralmente vem associada à inclusão do sobrenome materno ou paterno, ou até mesmo de algum ascendente mais distante como avós ou bisavós. Ou ainda, nos casos em que houve abandono físico ou moral afetivo por parte de um dos genitores, o que resulta na mágoa de quem é obrigado a carregar sobrenome que remete a um trauma, posicionamento que, felizmente, vinha sendo aceito e acolhido nos tribunais do país.

Graças à recente Lei n. 14.382/22, em vigor desde junho do ano de 2022, tornou-se mais fácil a modificação do nome e

---

3 TJPR - 17ª Câmara Cível - 0014079-92.2017.8.16.0025 - Araucária - Rel.: DESEMBARGADOR FERNANDO PAULINO DA SILVA WOLFF FILHO - J. 01.06.2020.

sobrenome por qualquer um que a deseje, em qualquer estado da federação, diretamente no Cartório de Registro Civil, mediante a apresentação dos documentos pessoais.

Mediante a alteração da redação dos artigos 56 e 57 da Lei dos Registros Públicos, a nova lei retirou o prazo de um ano para que a pessoa maior de 18 (dezoito) anos pudesse alterar seu nome, e retirou a chancela judicial que anteriormente era necessária após o decurso do prazo de 1 (um) ano do atingimento da maioridade civil. E com o novo texto, completando os 18 (dezoito) anos, basta que se dirija ao Cartório de Registro Civil e requeira a alteração de seu nome, não carecendo de nenhuma justificativa ou comprovação do motivo de sua vontade. Portanto, simplificou e deixou mais objetivo o procedimento e, agora, a alteração será averbada e publicada em meio eletrônico.

Para a alteração do sobrenome, no entanto, é preciso que, no cartório, o solicitante comprove ter relação direta com o patronímico desejado, podendo adotar o sobrenome do padrasto ou madrasta, do companheiro ou companheira com quem se tem união estável registrada ou de algum antepassado, por exemplo. O cônjuge, inclusive, pode reaver o sobrenome de solteiro mesmo mantendo-se casado.

O único ponto, entretanto, é que a alteração sem motivação só pode ser feita no Cartório de Registro Civil uma vez, e para que ocorra uma nova modificação, a Lei exige que o seja por meio de decisão judicial.

A alteração do nome será informada a todos os órgãos públicos e devidamente averbada na Certidão de Nascimento e Casamento para que lá conste que o indivíduo buscou modificar sua designação social, a fim de evitar fraudes, golpes e eventuais crimes.

CAPÍTULO VIII

Melhor perguntar para mamãe

No pátio do Jardim de Infância, durante o recreio, o amiguinho renova o convite:

- Você perguntou para sua mãe se podia dormir em casa?

- Perguntei, mas ela disse não!

- Que pena...

- Quando voltar para casa vou perguntar para minha mãe. Ainda não falei com ela.

- Ué, mas você não disse que falou com a sua mãe?

- Sim, falei, mas agora vou falar com minha outra mãe, né?

- Você tem duas mães?

- Lógico!

O amiguinho, atordoado com a descoberta, coçou a cabeça sem entender o que estava sendo comunicado como se fosse a coisa mais normal do mundo.

- Me diga uma coisa. Como é ter duas mães?

- Adoro elas, respondeu o segundo. A mamãe Vivi cuida das minhas coisas, do meu armário. E sempre fica em cima de mim com a comida. A mamãe Lelé me ajuda com as lições de casa, ela é mais boazinha. Talvez ela me deixe dormir na sua casa, ainda não falei com ela.

Um coleguinha da classe que ouvia do lado não resistiu:

- Que engraçado! Duas mães! Nossa, que diferente.

- Diferente por quê?

- Ora, eu tenho dois pais. Não duas mães.

- Dois pais! Disseram os amiguinhos quase ao mesmo tempo. E como é?

- Bem, o papai Joe acho que é como sua primeira mãe. Também cuida da casa e me ajuda com a roupa. Ele também me ajuda a fazer as lições de casa. O papai Ney viaja muito a trabalho, então é o papai Joe que me ajuda com quase tudo.

Os dois amiguinhos olharam o primeiro que seguia em silêncio e não resistiram:

- E você, tem duas mães ou dois pais?

O pequeno, constrangido e cabisbaixo, respondeu:

- Eu tenho só uma mãe e um pai...

Ao que o segundo olhando para o terceiro disse baixinho:

- Coitadinho, deve ser duro ter uma família assim.

Capítulo VIII

Relacionamentos Homoafetivos

O muito celebrado julgamento, pelo Supremo Tribunal Federal (STF), da Ação Direta de Inconstitucionalidade nº 4.277 e a Arguição de Descumprimento de Preceito Fundamental nº 132, foi decisivo para dar o merecido reconhecimento e igualdade às famílias homoafetivas, e garantir direitos e deveres às relações maritais formadas apenas por homens ou mulheres.

Importante destacar que, até então, essas relações não eram reconhecidas como famílias e seguiam marginalizadas pela lei, uma vez que o Código Civil, lei infraconstitucional, e até a própria Constituição Federal expressamente conceituavam que casamento e união estável eram entendidos como a união havida entre pessoas de gêneros diferentes, sendo composta necessariamente pelo homem e pela mulher.

Ora, não é mais segredo que as famílias modernas se formam pelo vínculo afetivo, nada tendo a ver com definições de gêneros. Se fosse contemporâneo, o julgamento das ações no STF que resultaram em uma das primeiras grandes vitórias judiciais da comunidade LGBTQIA+ no Brasil talvez nem fosse compreendido como tão progressista, porquanto tenha ocorrido no ano de 2011, quando ainda se falava em gêneros. Desde lá a sociedade caminha para o reconhecimento e concessão de garantias de pessoas que não se identificam com gêneros, o que amplia os direitos e as garantias de qualquer pessoa humana, pauta que o Direito de Família já começa a enfrentar.

Portanto, após a decisão histórica que ampliou e uniformizou o entendimento da lei ao conceito de entidade familiar, abarcando os casais de mesmo sexo e garantindo o direito constitucional à igualdade e à não discriminação, a permissão legislativa para o casamento civil de pessoas homoafetivas ficou a um passo de se concretizar. Isso porque, a própria legislação brasileira já via a união estável como casamento, sendo certo que os Cartórios deveriam providenciar a facilitação de sua conversão em casamento civil. E foi exatamente nesse sentido que, em outubro de 2011 veio a determinação pelo Superior Tribunal de Justiça (STJ), para que os cartórios convertessem as uniões estáveis em casamento.

Não podemos esquecer que isso fez parte de um processo que exigiu etapas de convencimento dentro da sociedade para posterior regulação legislativa. Tudo o que envolve família e seus ritos, costumes e valores, exige na mudança passos lentos e largos, calma e esclarecimento, ponderação e persuasão. Vale lembrar que na promulgação do atual Código Civil havia regime sucessório distinto estipulado pela lei para os cônjuges e os companheiros (aqueles se tornaram herdeiros necessários, estes permaneciam excluídos), o que, apenas anos depois, em 2017, culminou com outro julgamento pelo STF no qual foi declarada inconstitucional tal diferenciação, e enfim prevaleceu a equiparação do companheiro ao **cônjuge no quesito sucessório.**

No entanto, mesmo com a facilitação da conversão da união estável em casamento estipulada no § 4º do art. 226 da Constituição Federal em vigor, ainda assim alguns cartórios de registro civil ao redor do país se recusavam a converter as recém-reconhecidas uniões estáveis homoafetivas em casamento civil, entendendo que o julgamento do STF não tinha sido explícito em determinar essa possibilidade, e por compreender a letra da lei concernente ao casamento como algo objetivo e exclusivo para casais compostos de um homem e uma mulher.

Foi então que, em 2013, o Conselho Nacional de Justiça (CNJ), emitiu a Resolução nº 175 determinando ser *"vedada às autoridades competentes a recusa de habilitação, celebração de casamento civil ou de conversão de união estável em casamento entre pessoas de mesmo sexo"*.

A partir daí, as famílias LGBTQIA+ passaram a estar amplamente protegidas pelo Estado brasileiro, tendo as pessoas a chancela estatal para construírem suas famílias e garantir a elas todos os direitos inerentes à dignidade da pessoa humana, a exemplo, não obstante, a formação de patrimônio comum se assim desejassem, a adoção conjunta de filhos, direito à herança, alimentos, e inclusão como dependentes no plano de saúde, nos seguros, pensão por morte e afins.

CAPÍTULO IX

A vida é uma festa

É verdade que o casamento tem vários testes. A cada dia uma nova prova, um novo desafio. Guilhermino me dizia - mal comparando, registro desde logo - que casamentos são como submarinos. Na largada flutuam, mas estão fadados a afundar. Vindo de quem se casara seis vezes e estava à procura de novas núpcias, achei que a opinião era fundada (ou afundada, para não perder o trocadilho), ainda que eu respeitosamente divirja de meu ilustre amigo a quem nossa turma - em razão deste exemplo que ele sempre repetia - carinhosamente apelidou de almirante em lago seco.

Quando o assunto casamento entrava na pauta da roda de amigos era o almirante que sempre tinha os exemplos, sempre com finais infelizes, que comprovavam sua tese da submersão da vida a dois. Motivos? Ora, dizia ele, esses não faltam.

E quando efetivamente começam os problemas, arriscamos perguntar, ao que ele categoricamente respondeu: nos preparativos da festa de casamento. Nos entreolhamos com a inesperada resposta. A verdade é que neste ponto todos silenciosamente devem ter concordado.

Os preparativos de uma festa de casamento são tão complicados que em minha opinião esse evento deveria acontecer apenas meses depois do casal realmente estar casado e convivendo sob o mesmo teto. Para dar tempo ao tempo, diria assim. Um jovem casal compra um apartamento onde possivelmente passará os próximos trinta anos de sua vida formando, como todos sonham, uma linda família. Precisam resolver o piso da sala, a cerâmica do banheiro, as paredes que serão derrubadas, os armários embutidos, a disposição dos móveis dos quartos, o sistema de iluminação, porta de segurança... nem se diga a contratação de um decorador a peso de ouro e o empreiteiro que não perderá a chance de furar um cano e inundar a obra. Entretanto, no final tudo acaba bem e lá será o palácio onde os noivos construirão seu reinado. E tudo isso é possível porque em um apartamento existe algo muito simples que denominamos área privativa que nada mais é do que o efetivo espaço físico ladeado por paredes ao seu redor que delimitam o tamanho da obra que será realizada.

Esses conceitos racionais não se aplicam a uma festa de casamento. Um lugar onde passaremos não mais do que três horas (e não trinta anos, como em nosso apartamento) exige um número infindável de providências. A palavra orçamento mais parece um vocábulo grego incompreensível na língua portuguesa porque fatalmente será ignorado por todos. Não que o orçamento não seja mencionado, mas me convenci que é apenas pela praxe. Todos sabem, menos o pai da noiva pagando a conta, que ninguém seguirá coisa nenhuma do que está ali escrito.

Cheguei à conclusão que o orçamento contém um erro de interpretação. Porque ali deveria estar estipulado o teto de gastos, o valor máximo ao qual o provedor da festa tem condições de custear. No entanto, por um destes mistérios da vida ainda não revelados, os familiares não pagantes do casamento entendem que o orçamento é, na verdade, o piso de gastos, tipo assim: "bem, esse dinheiro já temos; agora vamos ver o que mais será necessário".

Fazer o orçamento é uma arte, mas há certas coisas que certamente não podem deixar de ser consideradas. E o que não pode faltar neste orçamento? Vejamos... As flores, logicamente importadas, são um tópico à parte. Rosas colombianas e orquídeas holandesas são logo lembradas, como se morássemos em um deserto rodeado de cactos em que não houvesse lindas gardênias, bocas de leão e outras flores nacionais. Isso, logicamente, sem mencionar os arranjos destas flores, o que nos leva a dois orçamentos: flores e florista, esse segundo que nada mais é do que o próprio sujeito que vende as flores, mas que te convence que elas precisam de um projeto separado para estarem bem-dispostas com beleza em cima das mesas porque os arranjos precisam conversar com as toalhas das mesas. "Entendeu?" me perguntam. Lógico que sim. Duas coisas inanimadas - arranjos de flores e toalhas - certamente precisam conversar, onde já se viu algo diferente!

A mesa de doces na saída da festa - ainda procurando quem teve essa magnífica ideia - substituiu definitivamente o cafezinho de despedida e requer também cuidados especiais. Não basta o que todos beberam e comeram aos montes, inclusive aquela maravilhosa mesa de sobremesas. Tudo isso não será suficiente. A mesa de doces deve ser deslumbrante para que todos saiam encantados com a festa. Os homens (e me refiro apenas aos que ainda não casaram suas filhas) talvez não notem que os doces não estão colocados diretamente sobre a mesa em bonitas bandejas de prata. Onde já se viu absurdo como esse? Eles estão colocados em forminhas que custam, podem conferir, o mesmo que o doce, mas que não servem para absolutamente nada a não ser para serem deixadas vazias após o pecado da gula, o que significa que ao lado da mesa de doces é necessário deixar uma pessoa devidamente uniformizada apenas para retirar aquelas forminhas as quais ninguém deu a menor atenção. Portanto, cada doce custa o dobro do seu valor para garantir a beleza das imperceptíveis forminhas somada ao custo proporcional do funcionário que ali estará para retirá-las ao seu destino final: a lata de lixo.

De fato, a mesa de doces, registre-se, não tem só doces, porque ainda precisa estar decorada com outras flores, obviamente, não as mesmas importadas que estavam no salão (os convidados poderão imaginar que eram sobras, já pensou?) e finalmente com os brindes da festa, outra invenção que todo pai da noiva gostaria de conhecer a autoria desta ilustre ideia. Então depois de receber seus convidados da melhor maneira possível, oferecer comes e bebes do bom e do melhor, ainda é necessário deixar um brinde de agradecimento. E assim segue a lista infinita pouco importando ser finita a condição financeira de quem pagará a conta.

Apesar de todo o relato, almirante continua à procura de outra companheira que lhe faça as vezes de sua cara metade na busca incansável da felicidade em uma sétima tentativa. E a festa de casamento? perguntamos. Ao que ele aquiesceu que certamente acontecerá antes das núpcias, mesmo que contrariando seu desejo. Inclusive e se necessário for, por ele novamente custeada porque apesar de seguir ao sétimo enlace nupcial, a noiva é nova. E especialmente porque está convencido que entre o desejável e o possível a festa é inegociável.

Haja fôlego, haja orçamento.

Capítulo IX

Efeitos Jurídicos do Casamento e Divórcio

Alianças trocadas, festa encerrada, o casal inicia uma nova fase. A cerimônia com mais ou menos pompa traduz a alteração do estado civil para *casados*, implicando em direitos e deveres entre os cônjuges, que nascem da celebração desse ato. De acordo com o Código Civil, em seu artigo 1.566, são deveres de ambos os cônjuges: (i) fidelidade recíproca; (ii) vida em comum, no domicílio conjugal; (iii) mútua assistência; (iv) sustento, guarda e educação dos filhos; (v) respeito e consideração mútuos.

Fidelidade, diz respeito ao caráter monogâmico do casamento, o que significa dizer que os cônjuges não devem praticar relações sexuais com outrem que não os próprios consortes. A infração a esse dever configura adultério (originada na expressão em latim *ad alterum* torum, que significa "*na cama de outro*") que, embora não tenha mais penalização criminal[1], pode levar a insustentabilidade da

1 A Lei nº 11106/05 retirou do Código Penal a pena de quinze dias a seis meses de detenção contra o cônjuge adúltero.

vida a dois. Se comprovado abalos emocionais e psicológicos consideráveis, será possível solicitar indenização (cabendo análise do caso concreto). Modernamente, o conceito se ampliou sendo a *fidelidade* também entendida pela correspondência e manutenção dos mesmos valores morais e não mais apenas sexuais.

Coabitação, deve ser entendida no conceito mais amplo possível envolvendo não apenas um mesmo endereço residencial, mas uma verdadeira comunhão de vidas que compreende a satisfação sexual, a assistência mútua constante e ininterrupta, a realização de projetos comuns, enfim, uma vida integrada. A residência sob o mesmo teto, por assim dizer, pode ser relativizada diante de exigências pessoais ou profissionais de um ou outro cônjuge, que os obrigue a ausentar-se periodicamente do lar conjugal, ou, por exemplo, se exercer algum cargo que obrigue a viver em outra cidade durante a semana, retornando ao lar conjugal apenas aos finais de semana. Em ocorrendo o abandono voluntário do lar conjugal, por exemplo, pressupõe-se haver separação de fato, que faz com que cesse a comunicação de bens e a formação de patrimônio comum entre o casal cujo regime de bens é o da comunhão parcial ou comunhão universal.[2]

Mútua assistência se refere aos cuidados pessoais durante as doenças de uma das partes, auxílios durante os episódios fortuitos e adversidades da vida, bem como os cuidados de um com o outro cônjuge, em geral. Espera-se que este dever esteja intimamente relacionado com o seguinte, de *respeito e consideração mútuos*, porquanto seja um dos deveres a serem compreendidos de maneira mais ampla, podendo significar a sinceridade necessária entre os cônjuges, a defesa da honra e dignidade do outro cônjuge perante a sociedade, o

2 Vide Capítulo XIII comentando regimes de bens no casamento ou união estável.

respeito pela privacidade do outro consorte, dentre outros exemplos possíveis para sintetizar o significado deste dever.

Sustento, guarda e educação dos filhos implicam no ônus comum do casal de contribuir para a criação da prole, educando-a, alimentando-a, zelando pela sua saúde, conforto, bem-estar e pleno desenvolvimento, conforme as suas possibilidades financeiras e emocionais. É relevante mencionar que, qualquer que seja o regime de bens do casal, este é o único dever que não cessa com a dissolução do vínculo conjugal, até que os filhos atinjam a maioridade civil (18 anos no Brasil) ou consigam se sustentar, mediante a inserção no mercado de trabalho.

Vale registrar que na vida diária da sociedade moderna alguns destes deveres foram flexibilizados, ainda que sem torná-los dispensáveis. Cabe mencionar como exemplo o mesmo domicílio conjugal (*coabitação*), tendo alguns casais de comum acordo decidido por residências separadas em um formato privado que os deixa confortáveis no casamento que desejam manter. Situações assim são mais usuais em novas núpcias quando um ou ambos os cônjuges têm filhos de uniões anteriores, o que pode gerar questões de convivência que o casal pretende evitar.

Talvez seja mais controverso entender casais com relacionamentos ditos "*abertos*", em que, aos cônjuges, é facultado se relacionar sexualmente com terceiros, fora da relação marital, de forma fixa ou esporádica. Esta não exclusividade é convencionada pelo casal por vezes antes mesmo de contraírem núpcias ou descoberta no curso da união quando novas alternativas de vida sexual surgem sem significarem o fim do matrimônio. Permanecerá, ainda assim, a *fidelidade moral* naquilo que o casal entender como valores comuns que compartilham e pelo que vale a pena manter o casamento.

Quando insuperáveis as divergências do casal se caracterizará o rompimento das obrigações maritais, passo que antecede a dissolução do matrimônio civil pelo divórcio, e um período tortuoso deverá ser administrado pelo casal. Para encurtar esse caminho a Emenda Constitucional 66/2010, firmou-se o entendimento do divórcio direto como um direito potestativo. Mediante esta emenda, extinguiu-se a obrigação de dissolução do casamento civil por meio de divórcio apenas quando decorrido um prazo mínimo, que era de dois anos de comprovada separação de fato (saída do lar conjugal), ou um ano de separação judicialmente decretada (mediante a demonstração, em juízo, da quebra de algum dos deveres do matrimônio). O divórcio só poderia ocorrer se decorresse tais prazos mínimos, ou se pautado em questões subjetivas.

O advento da Emenda que alterou o artigo 226 da Constituição Federal fez com que bastasse um dos cônjuges não mais querer permanecer casado para que o pedido judicial de dissolução do vínculo conjugal fosse possível, não havendo sequer a necessidade de citação do outro cônjuge para que o juiz competente decrete o divórcio.

Isso reduziu as alongadas discussões judiciais outrora existentes sobre a culpa pela separação/divórcio, e que acarretavam uma desnecessária avalanche de provas de infidelidades, desrespeitos mútuos, desumanidades, com o intuito de atribuir ao outro consorte a responsabilização pelo fim da sociedade conjugal. E mais: gastavam-se anos do Poder Judiciário e da vida das pessoas a fim de discutir, profundamente, quais eram as provas lícitas e ilícitas produzidas nesse tocante, nos processos de separação. Daí o cônjuge que tivesse sido julgado isento de responsabilidade obtinha algum benefício econômico com o fim do casamento, por exemplo; a manutenção da pensão alimentícia, que seria prestada ao cônjuge hipossuficiente se fosse inocente, apenas, conforme os artigos 1.702 e 1.704, ambos do Código Civil em vigor.

Atualmente, ainda que não mais se discuta a culpa pela separação, decorrente da quebra de algum dos deveres entre os cônjuges, relacionados ao casal, se apuram condutas dolosas ou culposas praticadas na constância da relação, especialmente aquelas atinentes aos filhos comuns, em casos de alienação parental, agressões físicas, mentais, bem como se verifica a necessidade de ressarcimento e eventual reparação, quando possível, em decorrência de tais atos apurados.

Como já registramos, a violação de certos deveres, como *fidelidade*, por exemplo, por si só não implica a imediata necessidade de indenizar o outro. O direito à indenização por danos morais só advirá das provas, produzidas em processo próprio, de que o outro cônjuge passou por sofrimento excessivo, constrangimento, humilhação social, o que supera em muito a simples mágoa pelo fim da relação e pela infidelidade. Ou seja, é apenas quando a conduta do cônjuge traidor ultrapassa em muito os limites da moral, impactando violentamente a *psique* do outro, às vezes de forma pública, perante a sociedade comum em que ambos vivem, que causará a necessidade de indenização daquele humilhado.

Importante ressalvar que em se tratando de matéria indenizatória, esta demanda específica é interposta perante Juízo Cível, e não das Famílias e Sucessões, o competente para processar e julgar os divórcios, ações de partilha, e ações de alimentos.

Apenas a título de curiosidade, recentemente, a Justiça de Minas Gerais, ainda em sentença de primeira instância, confirmou a autonomia privada das partes para pactuar, em Escritura de Pacto Antenupcial, previsão de pagamento de multa em caso de infidelidade de uma das partes. O traidor teria de desembolsar R$ 180 mil para compensar o traído, e tal dúvida foi suscitada pelo oficial de cartório que se recusou a registrar o pacto que previa tal cláusula penal.[3]

Alguns projetos de lei, em trâmite no Congresso, abordam a possibilidade de condenação por danos morais em caso de cônjuges infiéis, como é o caso do PL 5.716/16, de autoria do deputado Rômulo Gouveia (PSD/PB), o qual visa modificar o vigente Código Civil para abarcar essa previsão.

A bem da verdade, dependendo das provas trazidas para corroborar a alegação que se faça, é consenso na doutrina e jurisprudência a possibilidade de condenação por danos morais caso ocorra violação de um dos direitos da personalidade constantes do artigo 11 do Código Civil em vigor, como exemplo, a violação à imagem, à honra, à boa fama, à privacidade, à dignidade, entre outros direitos inerentes à pessoa humana.

Assim, o dano moral seria o prejuízo imaterial que afete diretamente a saúde mental da vítima, por meio da violação de um de seus direitos da personalidade. Comumente é protegido não só pelo Código Civil[4], mas também pela Constituição Federal ao garantir em seu artigo 5°, inciso X que "*são invioláveis a intimidade, a vida privada, a honra e a imagem das pessoas, assegurado o direito a indenização pelo dano material ou moral decorrente de sua violação*". Em outras

---

3 https://www.tjmg.jus.br/portal-tjmg/noticias/justica-autoriza-pacto-antenupcial-com-multa-de-r-180-mil-em-caso-de-infidelidade-8AC-C809885EBA16D018603AF9E8B5743.htm#.Y9gkynbMKUk

4 Conforme os artigos do Código Civil em vigor:
Art. 186: Aquele que, por ação ou omissão voluntária, negligência ou imprudência, violar direito e causar dano a outrem, ainda que exclusivamente moral, comete ato ilícito.
Art. 187: Também comete ato ilícito o titular de um direito que, ao exercê-lo, excede manifestamente os limites impostos pelo seu fim econômico ou social, pela boa-fé ou pelos bons costumes.

palavras, aquele que comete o ato ilícito gerando dano a outrem estará obrigado a repará-lo.

Cumpre ressaltar que a mera infidelidade não causa imediatamente a violação dos direitos da personalidade e, portanto, o dever de indenizar o cônjuge traído. É preciso que ocorra um sofrimento psíquico anormal, uma situação humilhante, hipótese que provoque uma grave exposição, uma verdadeira degradação da imagem, ofendendo ostensivamente a honra da pessoa do traído.

Exemplo em que restou confirmado o dever de indenização pelo cônjuge infiel foi o caso julgado pela 1ª Câmara de Direito Privado do Tribunal de Justiça do Estado de São Paulo no ano de 2012[5], no qual foi mantida a condenação ao cônjuge infiel, embora tenha sido reduzido o valor originalmente estabelecido pelo juiz de primeira instância.

No caso concreto, a infidelidade do consorte ocasionou o nascimento de uma criança, que o cônjuge traído acreditou ser seu filho, sendo certo que o casamento das partes só ocorreu por este motivo. As provas testemunhais confirmaram que a parte traidora, no caso, sabia da verdade e atribuiu falsamente a paternidade ao autor da ação, que somente soube a verdade após o exame de DNA.

Sendo condenada, em primeira instância, ao pagamento da indenização ao seu marido, a esposa recorreu ao Tribunal de Justiça de São Paulo por meio de Apelação, ao que o Relator do acórdão julgador do recurso ponderou:

> Bem se vê, portanto, que o comportamento da apelante revelou-se reprovável, ocasionando ao recorrido sofrimento e humilhação, com repercussão na esfera moral. Nada justifica a

5 TJSP, Apelação nº 0002188-78.2007.8.26.0629, Rel. Ministro Luiz Antônio de Godoi, Primeira Câmara de Direito Privado, julgado em 13/11/2012, DJe 14/11/2012.

> conduta da recorrente, não havendo que se cogitar, ademais, de culpa concorrente.
>
> Quanto ao valor estabelecido a título de indenização por dano moral, constata-se que se mostra apropriado às características do caso em discussão, não havendo motivo para alterá-lo. Tenha-se em mente, "À míngua de critérios objetivos seguros para a fixação da indenização, têm-se a doutrina e jurisprudência da equação compensação-repreensão, ou seja, o valor arbitrado deve ser suficiente tanto para compensar o sofrimento da vítima (sem representar um enriquecimento sem causa em favor dela), quando para atuar, em relação ao responsável, como fator de inibição de conduta culposa futura".

Como demonstrado, a doutrina e a jurisprudência reconhecem a possibilidade jurídica de indenização por dano moral decorrente de infidelidade conjugal, bem como a aplicação das regras de responsabilidade civil nas relações familiares, mas é imperioso a demonstração de que a violação não se resumiu a mero adultério, motivo pelo qual cada caso deve ser obrigatoriamente analisado pormenorizadamente, não existindo uma regra geral que se aplique automaticamente em qualquer situação.

Necessário sempre repisar que *casamento civil* e *união estável* foram igualados em direitos e obrigações, pelo que serão os conceitos aqui trazidos e usualmente aplicados aos dois institutos, com ressalvas específicas do caso concreto.

CAPÍTULO X

Convite

- Sei não, mas acho que não cabe.

- Como assim, não cabe?

- Olha só, ficou tudo muito coladinho.

- Não quero fazer um convite de casamento muito grande, não fica elegante.

- Ah, mas no nosso caso acho que será necessário. Precisamos resolver: ou aumentamos o convite ou diminuímos as letras. Temos mais gente para mencionar.

- Como assim, mais gente? Tem os noivos e os pais dos noivos.

- Então...

A mãe da noiva coçou a cabeça. Estava desolada:

- É verdade, esqueci esse detalhe na família do Otavinho. E agora? Vamos ter que colocar em cima do nome dele a mãe e os dois pais? Acho que vai ficar confuso, né? Uma mãe e dois pais! Ainda irão achar que esse menino foi concebido em um clube de swing!

- Eu sei que fica mais complicado, mas o teu genro disse que não abre mão de mencionar o pai dele.

- E não está mencionado?

- Ele quer mencionar o outro pai.

- Então tira o nome desse pai e põe o nome do outro pai.

- Não dá. Ele não quer ofender o pai dele... quero dizer, nem um nem outro.

- Deus do Céu, e nossa filha precisava arranjar um noivo tão complicado.

- Calma meu amor, ele é um ótimo rapaz. E vem de uma grande família.

- Grande mesmo. Já começa com uma mãe e dois pais.

- Bem, é o que ela escolheu para a vida dela. E quando você se casa, a família vem de brinde.

- Pois esse brinde está grande demais para o meu gosto. Além disso, vai todo mundo ficar perguntando de onde surgiu esse sujeito. Aliás, o pai dele nós mesmos nunca vimos.

- Como não, Aurora. O Otavinho mora com o pai.

- Não esse pai, seu bobo! O outro pai!

- Aí concordo. Esse pai que não é o pai está sempre com o Otavinho como se fosse o pai, mas o pai que é pai acho que nunca apareceu. Eu mesmo só falei por telefone uma vez para cumprimentar quando nossos filhos noivaram. E mesmo assim formalmente. Ele disse que terá o maior prazer em me conhecer, mas deixou para o dia do casamento.

- Coitado do Otavinho, né... crescer sem o pai por perto deve ser difícil.

- Mas ele sempre teve o pai por perto.

- O pai que não é pai. Não é estranho você ter um pai que não é seu pai?

- Como não é pai? É mais pai que o outro pai que nunca foi pai. Que diferença isso faz? Acho até muito mais especial porque esse pai o ama de verdade, tem Otavinho como seu filho. Não foi um acaso genético, você entende? É um amor verdadeiro construído entre os dois. O que vale mais, afinal?

- Você tem razão. Que se dane o tamanho do convite. Vamos colocar o nome dos dois pais e...

- O que foi agora, Aurora? Você está pensativa, conheço teu olhar. O que te preocupa?

- Acho que vamos ter um problema.

- O tamanho do convite já resolvemos, não? O que é agora?

- Quando ganharmos um neto, como vai ser? Duas avós e três avôs! Nossa, já imaginou?

- É verdade, vai ser diferente, não?

- Não ficou bom. Não ficou nada bom. Vamos ficar na desvantagem como avós.

- Calma, Aurora, isso não é uma competição.

- Lógico que sim. Avós sempre competem pelo amor dos netos. Não sejamos ingênuos.

- Bem, seja como for, eles ainda nem se casaram. Vamos com calma, até termos netos muita água vai rolar embaixo da ponte.

- Você tem razão, não há motivo para desespero - e sussurrando concluiu - e até lá, quem sabe o pai dele morre.

- Nossa, Aurora, cruz credo! Isso é coisa que se diga?

- Não estou desejando mal para o pai do Otavinho. Adoro ele, mas o outro pai é que devia ser pai e nunca foi pai. Se ele morrer quem vai sentir falta? E aí ficamos empatados. Duas avós e dois avôs. Pense nisso, seria mais justo e não perderíamos espaço com nossos netos.

O marido maneou a cabeça pensativo:

- Bem, se for o outro, acho que tudo bem se morrer.

- Está vendo como você me deu razão! Não podemos ficar na desvantagem como avós.

- Agora vai ser complicado o Otavinho ir ao enterro do pai com o pai do lado.

Aurora se remexeu incomodada:

- Não tinha pensado nisso. Vai ser estranho mesmo, mas também não é problema nosso - e suspirando concluiu - vamos ter que focar. O que importa é não dar chance para concorrência desleal. O funeral é detalhe.

Capítulo X
Maternidade / Paternidade Socioafetivas

Famílias originadas em novos relacionamentos nos quais uma das partes ingressa com prole anterior, especialmente com crianças pequenas, pode proporcionar a *socioafetividade* com o novo parceiro(a), seja em casamentos, seja em uniões estáveis. A vida em família leva o que em inglês se denomina *stepfather* ou *stepmother*, aquele padrasto ou madrasta que passa a fazer as vezes de pai ou mãe, conforme o caso. Não significa necessariamente que os pais biológicos não estão presentes na vida do filho, o que traz uma diferença crucial da adoção que efetivamente rompe vínculos. Ou seja, enquanto na doação se cria um vínculo jurídico entre adotante e adotado rompendo e substituindo o vínculo biológico originário, na socioafetividade a inserção de um pai ou mãe "adicionais" não retira os vínculos daqueles biológicos.

O velho ditado "*mãe e pai é quem cria*" nunca fez tanto sentido como nessa bem-vinda era de reconhecimento de afetividades e pluralidade de laços. Além dessa máxima social, finalmente, está sendo consolidada nos tribunais brasileiros a opção de se escolher a família, e poder se associar fraternalmente além dos vínculos biológicos. Nosso ordenamento jurídico abre as portas para recepcioná-los como mães e pais se assim o forem e quiserem ser. São novos e bons tempos.

Já comentamos da relação pais e filhos no Capítulo IV e aqui vamos retomar e explanar esse instituto relativamente novo que vem servindo positivamente à sociedade.

Filhos podem ser biológicos advindos da concepção natural ou por reprodução assistida. Será denominada *homóloga* quando o material genético é do próprio casal; será considerada *heteróloga* quando o material genético é fornecido por doador anônimo que nenhuma participação fática terá na gestação ou educação da criança a ser gerada, sendo garantido seu anonimato.

Filhos também podem ser adotivos, reconhecidos por meio de sentença judicial cujo procedimento se inicia com o requerimento de inscrição dos candidatos adotantes perante a Vara da Infância e da Juventude, seguida de uma longa e necessária caminhada de entrevistas, estudos com equipes multidisciplinares formadas por psicólogos e demais profissionais, formação mediante realização de cursos, e processo de habilitação para adotar, já que os candidatos à adoção passam pelo crivo do Poder Judiciário. Sendo expedida referida habilitação, portanto, uma vez autorizada a adoção, esta terá validade determinada, e em seguida os dados do postulante serão inscritos no Cadastro Nacional de Adoção. Em havendo crianças e/ou adolescentes que se enquadrem no perfil solicitado pelo candidato, dar-se-á início ao estágio de convivência entre as partes, sempre observados e acompanhados pelos representantes do Poder Judiciário, o que determinará a efetivação ou não da adoção.

Vale reiterar que a adoção rompe os vínculos com os pais biológicos, chegando ao ponto de retirar seus nomes – enquanto genitores – da certidão de nascimento. Não é isso que ocorre na filiação socioafetiva em que os "novos" pais são registrados, permanecendo a denominação dos genitores biológicos.

A filiação socioafetiva há muito reconhecida e acolhida socialmente, passou a ter mais receptividade a partir da jurisprudência decorrente da promulgação da Constituição Federal de 1988, que chancelou a igualdade entre filhos, fazendo com que o vínculo sanguíneo não pertença mais a um patamar de superioridade, assim celebrando a posse do estado de filho. Nesse sentido:

> Acresce possuírem a paternidade e a maternidade um significado mais profundo do que a verdade biológica, onde o zelo, o amor filial e a natural dedicação ao filho revelam uma verdade afetiva, um vínculo de filiação construído pelo livre desejo de atuar em interação entre pai, mãe e filho do coração, formando verdadeiros laços de afeto, nem sempre presentes na filiação biológica, até porque a filiação real não é a biológica, e sim cultural, fruto dos vínculos e das relações de sentimento cultivados durante a convivência com a criança e o adolescente.[1]

Há que se reconhecer a existência da filiação socioafetiva para principalmente proteger e garantir os direitos dessas paternidades e maternidades nascidas no afeto e advindas dessa filiação cultural fruto do sentimento.

Sempre importante destacar que a aludida modalidade somente pode existir diante da pluralidade das configurações familiares, e aqui ressalta-se que a família biparental, composta de dois pais, é composta por casais heteronormativos ou homoafetivos, já não é mais a regra, é

1 MADALENO, Rolf. Direito de Família. (11th edição). Grupo GEN, 2021, fls. 539.

apenas um dos diversos formatos possíveis. Existem ainda as famílias monoparentais nas quais estão presentes somente o pai ou a mãe; famílias anaparentais formadas sem a figura dos pais, compostas por irmãos, por exemplo; família unipessoal, formada de uma só pessoa; família reconstituída, muito popular, geralmente formada em segundos casamentos ou uniões com filhos não comuns; entre outras que vêm sendo catalogadas e abraçadas pela legislação nacional.

Dito isto, a pluralidade das configurações familiares, que levou à filiação socioafetiva, também abriu caminho para o instituto da multiparentalidade. Tal como o próprio nome já diz, é a permissividade de múltiplos pais, reconhecida e exposta na prática pelo julgado abaixo do Tribunal de Justiça do Rio Grande do Sul, fundamentada no "*conceito pluralista da família contemporânea*":

> Apelação cível. Ação de reconhecimento de filiação socioafetiva cumulada com alteração de registro civil. Pleito de reconhecimento da paternidade socioafetiva e, via de consequência, da multiparentalidade. Cabimento. Determinação de retificação do registro civil, nos termos do requerido. Embora a existência de entendimento no sentido da possibilidade de conversão do parentesco por afinidade em parentesco socioafetivo somente quando, em virtude de abandono de pai ou mãe biológicos e registrais, ficar caracterizada a posse de estado da filiação consolidada no tempo, a vivência dos vínculos familiares nessa seara pode construir a socioafetividade apta a converter a relação de afinidade em paternidade propriamente dita. Sob essa ótica, a filiação socioafetiva, que encontra alicerce no artigo 227, § 6º, da Constituição Federal, realiza a própria dignidade da pessoa humana, constitucionalmente prevista, porquanto possibilita que um indivíduo tenha reconhecido seu histórico de vida e a condição social vivenciada, enaltecendo a verdade real dos fatos. Multiparen-

talidade que consiste no reconhecimento simultâneo, para uma mesma pessoa, de mais de um pai ou mais de uma mãe, estando fundada no conceito pluralista da família contemporânea. Caso dos autos em que a prova documental acostada aos autos e o termo de audiência de ratificação evidenciam que ambas as partes, maiores e capazes, desejam o reconhecimento da filiação socioafetiva e da multiparentalidade, o que, ao que tudo indica, não traria qualquer prejuízo a elas e a terceiros. Genitor biológico da apelante que está de acordo com o pleito, sendo que o simples ajuizamento de ação de alimentos contra ele em 2008, com a respectiva condenação, não descaracteriza, por si só, a existência de parentalidade socioafetiva entre os apelantes. Apelação provida.[2]

A título de exemplo, para que o padrasto seja reconhecido como pai socioafetivo, o pai biológico não precisa ser expulso da relação e do registro civil, cabendo ambos, tanto na Certidão de Nascimento quanto em outros documentos registrários. Pode até mesmo ser reconhecido pai e mãe socioafetiva juntamente aos pais biológicos, graças aos Provimentos de nº 63/2017 e 83/2019 da Corregedoria Nacional de Justiça, este último que abriu a possibilidade de autorização judicial para a "*inclusão de mais de um ascendente socioafetivo*".

Isso porque, restou brilhantemente consolidada pelo Supremo Tribunal Federal (STF), pelo tema de Repercussão Geral 622 em julgamento ao Recurso Extraordinário n. 898.060, "*a tese de que a paternidade socioafetiva, declarada ou não em registro público, não impede o reconhecimento do vínculo de filiação concomitante baseado na origem biológica, com os efeitos jurídicos próprios.*

2 TJRS, Apelação Cível, Nº 70077198737, Oitava Câmara Cível, Relator: José Antônio Daltoe Cezar, Julgado em: 22-11-2018.

Antes de referidos provimentos e entendimento do STF, as Certidões de Nascimento possuíam os campos de "mãe", "pai", "avós maternos" e "avós paternos", porém essa formatação era insuficiente diante de toda a pluralidade social, considerando que a sociedade brasileira detém altos índices de abandono parental que resulta em inúmeras certidões de nascimento com o campo "pai" em branco, bem como famílias formadas por duas mães e/ou dois pais, que frequentemente enfrentavam imbróglios e inadmissíveis violações quando do registro de seus filhos.

Atualmente, as Certidões de Nascimento possuem os campos "filiação" e "avós", nos quais podem ser inseridas as mais diversas configurações existentes, mostrando-se uma opção mais democrática e compatível com a realidade, embora não seja do agrado de todos.

A filiação socioafetiva de filhos maiores de 12 (doze) anos pode ser reconhecida voluntariamente pelo pai ou mãe mediante comparecimento no Cartório de Registro Civil competente munido das provas que atestarão a existência do vínculo alegado, sendo que o requerente:

> [...] demonstrará a afetividade por todos os meios em direito admitidos, bem como por documentos, tais como: apontamento escolar como responsável ou representante do aluno; inscrição do pretenso filho em plano de saúde ou em órgão de previdência; registro oficial de que residem na mesma unidade domiciliar; vínculo de conjugalidade – casamento ou união estável – com o ascendente biológico; inscrição como dependente do requerente em entidades associativas; fotografias em celebrações relevantes; declaração de testemunhas com firma reconhecida.[3]

---

3 Provimento n. 83/2019 da Corregedoria Nacional de Justiça.

Não cabendo o reconhecimento extrajudicial, o procedimento poderá ser feito mediante ação judicial igualmente instruída das provas supracitadas seja quando for: (i) da vontade das partes; (ii) obrigatoriamente quando o filho for menor de 12 (doze) anos; (iii) quando houver dissenso; (iv) ou até mesmo após o falecimento do pai ou mãe socioafetivos.

O reconhecimento de filiação socioafetiva implica na atribuição de todos os direitos e deveres de um filho àquele que foi reconhecido nos termos aqui expostos em nome da isonomia filial promovida pelo artigo 227, § 6º da Constituição Federal, podendo o filho promovido a esta qualidade em razão dos laços afetivos e da posse do estado de filho participar da sucessão de seus pais em pé de igualdade na parcela legítima com filhos biológicos e/ou adotivos e herdar sem qualquer impedimento de todos os seus pais e mães se for este o caso.

O contrário também é verdadeiro. Pelo artigo 229 da Constituição Federal atualmente em vigor, os *"pais têm o dever de assistir, criar e educar os filhos menores, e os filhos maiores têm o dever de ajudar e amparar os pais na velhice, carência ou enfermidade*". Portanto, as obrigações de cuidados, amparo e zelo dos filhos socioafetivos reconhecidos quando atingida a maioridade civil para com os seus pais, também é imposta legalmente, devendo estes, eventualmente, arcar com as despesas básicas de subsistência, e prestar todo o apoio e suporte psicológico e afetivo àqueles que outrora os reconheceram como filhos.

CAPÍTULO XI

Códigos

- Humbertoooo!!!

A voz da esposa ecoou da cozinha até a sala de televisão como uma flecha certeira. Não era hora de ser chamado, não naquele momento em que finalmente o assassino vai ser preso após 2 horas de filme com a polícia descobrindo finalmente o culpado. Contudo, desta vez foi diferente. Ele se sente paralisado. Porque conhece a esposa, e como conhece. E esse "Humbertoooo!!!" fora diferente de todas as outras chamadas em tantos anos juntos.

Começaram a namorar aos 18 anos logo na primeira vez que ele saiu de carro após tirar a carteira de habilitação dizendo para si mesmo "vou passar na porta do clube todo gostosão, e convidar para tomar um sorvete a primeira menina que eu encontrar... e será a primeira de muitas que vão passar neste carro", só que não foi assim!

Porque ela foi a primeira que entrou no carro, gostou e ali ficou. Cinco anos de namoro e vinte de casados! Se contar a primeira volta de carro, já fizeram bodas de prata. Quantas vezes ela já o chamou pelo nome? Desistiu de fazer as contas. Seu nome não mudara, era sempre Humberto, mas a entonação, ah, isso sim, ele conhecia bem.

E assim é com todos os casais. Cada qual tem seu código pessoal de comunicação. Podem ser sinais, trejeitos, olhares, palavras secretas. A verdade, no entanto, é que a cumplicidade natural entre marido e mulher criam mensagens criptografadas que apenas os dois entendem. Podemos estar em uma roda de amigos sem perceber que cada casal tem registros próprios e imperceptíveis aos demais. É algo sensitivo, geralmente construído pela cumplicidade dos anos de convívio.

E ele sabia disto, e como sabia. Haviam distintas entonações para o nome Humberto. Na escrita todas são iguais, simplesmente Humberto, mas ao saírem da voz de quem o chamava há vinte e cinco anos, a entonação dizia tudo (os leitores casados certamente entenderão o que digo!). Um sonoro Humberto, meio musical era um sinal de que tudo estava bem. Um Humberto seco e curto, sinal de que algo estava errado. Um Humberto agudo, como um uivo, era porque algo estava muito errado e que o desapontamento dela era certo. Um simples "Ber", retirando o começo e o fim do nome sinalizava invariavelmente um carinho, enquanto um "Berto" excluindo apenas "Hum" denotava pressa para que ele fizesse algo de imediato.

A entonação do Humberto era tão representativa que dispensava acompanhamento de qualquer outra palavra. Não importava o começo ou o fim de uma frase. A entonação do nome era, por si só, a manifestação necessária para que o marido entendesse - sem sombra de dúvidas - a intenção de sua esposa. Não era necessária uma frase inteira tipo "Humberto, precisamos disso ou daquilo...." ou "Humberto, vamos lá ou cá....", bobagem! A entonação do Humberto dava os ares do que o aguardava.

Ah, mas esse "Humbertoooo" não foi assim. Esse Humberto fora simplesmente surpreendente. Era algo desconhecido. Vinte e cinco anos se passaram e ele não poderia imaginar que haveria a possibilidade remota de uma entonação diríamos mais excêntrica. Tudo indicava, portanto, que surgira uma situação nova na vida pacata deste casal que forçava a esposa a instituir uma sonorização distinta daquelas letras que compunham o nome de seu marido e que eram suficientes para trazer a paz familiar. Na falta deste código de sons que o marido achava ser suficiente para saber - e atender aos desejos de sua esposa - só restou aguardar em silêncio, esperando uma complementação do que ela desejava, um algo a mais que salvasse o marido da situação vexatória de não entender o que a sua esposa estava claramente dizendo, já que por anos a sonorização de "Humberto" fora suficiente por si só. Assim, na dúvida - que inexistia em Humbertos anteriores - só restou aguardar uma manifestação a mais na certeza que ela também deveria imaginar que criara um novo padrão de chamado e, assim sendo, ele não poderia ser automaticamente conhecido. Entretanto, nada se seguiu nos milésimos de segundos posteriores que para ele pareciam uma eternidade.

Dizem que as palavras são como flechas, mas a ausência delas era uma hecatombe. Havia certamente uma situação nova neste casamento que o marido desconhecia e que teria suscitado um novo Humberto que precisava ser desvendado. O silêncio seguia ensurdecedor.

Ele passou a fazer uma tentativa de aproximação de sons. Pensou em pedir a ela que repetisse o mesmo sonoro e inovador "Humbertoooo" na expectativa de que, mais preparado, pudesse entender o que estava acontecendo ao seu redor. Todavia, preferiu não arriscar.

A verdade é que o silêncio talvez seja uma das falas mais agressivas na vida de um casal. A vida a dois presume o diálogo, a conversa, a troca constante. E certamente a oralidade é uma das formas mais eloquentes da vida a dois. O silêncio é como ignorar o outro. Quantos casais não se divorciam pela falta de diálogo? Contudo, pelo excesso, nunca aconteceu.

Humberto fez um esforço descomunal para tentar descobrir o que de novo teria acontecido na vida do casal que suscitasse um desconhecido "Humbertoooo", naquele momento ainda inesperado e indecifrável. Sentindo-se em uma Torre de Babel onde as linguagens não se fazem entender, não sobrou outra opção ao marido senão abandonar o filme que tanto o envolvia para adentrar na cozinha e descobrir, àquela altura já temeroso, o que o aguardava. Melhor resolver de uma vez essa crise conjugal e voltar a tempo de pegar o final do filme. Se fosse rápido, perderia poucas cenas.

Os olhos se cruzaram, mas na sua mente ainda ecoava "Humbertoooo". Ela apenas apontou em uma direção, o que deixou o marido em dúvida se deveria pedir esclarecimentos ou seguir no caminho indicado. Sem opção, sem saber a qual Humberto ela se referia, timidamente adentrou na cozinha que naquele momento mais lhe parecia uma sala de julgamento. Sua esposa à frente como Promotora e Magistrada, e a condenação parecia certa.

Seguiu até o ponto indicado entre a mesa da cozinha e a porta aberta da geladeira. E então sua esposa se limitou a dizer de maneira objetiva:

– Humbertoooo! Essa foi a primeira e a última vez que você deixou fora da geladeira o copo de requeijão. Assim não dá. Vai estragar, meu amor. E que isso não se repita, ok? E com um beijinho carinhoso voltou aos seus afazeres.

Humberto aquiesceu e saiu cabisbaixo da cozinha.

Inconformado, não conseguiu mais se concentrar no final do filme. Ficou parado no corredor absolutamente pensativo. Jamais imaginou que após 25 anos de convivência um copo de requeijão fora da geladeira mereceria um "Humbertoooo" tão inovador.

CAPÍTULO XII

Ovos e Arroz

- Você acha mesmo necessárias três dúzias de ovos?

- Se eu coloquei na lista é porque é necessário.

- Cada dúzia tem doze ovos... quero dizer, vamos comprar trinta e seis ovos.

- Meu amor, eu sei quanto tem em uma dúzia. Não me chame de burra! Na verdade, trinta e cinco ovos serão suficientes, acho que posso quebrar um na sua cabeça que não vai fazer falta.

- OK, entendido. Já estou pegando os trinta e seis ovos.

Seguiram em silêncio para o corredor das bolachas, mas ainda havia uma dúvida:

- Agora que já estamos com as três dúzias de ovos no carrinho, me desculpe voltar ao tema.... mas, estamos fazendo mercado para uma semana. No café da manhã consumimos em média três ovos. Acho que é isso que usamos para nossa omelete, não? Então, sete dias por semana seriam 21 ovos, mas aos sábados tomamos café na padaria. Então seriam três ovos a menos por semana. Assim, estamos considerando utilizar 18 ovos por semana. Isso leva à conclusão matemática - e por favor, não se ofenda, porque se você sabe que em uma dúzia encontramos 12 ovos, então está ótima em contas - temos um excedente de 18 ovos por semana. Exatamente metade. O que significa, ainda apenas na aritmética, que podemos comprar uma dúzia e meia de ovos por semana ou comprar três dúzias de ovos a cada quinze dias. Porque se seguirmos nesta compra semanal teremos uma granja em breve dentro de nossa casa...

A piada não surtiu o efeito desejado, sua esposa permanecia impassível. Ele tentou rapidamente consertar:

- Talvez você esteja pensando em diversificar nosso café da manhã, seria isso meu bem?

"Meu bem" não era uma expressão usual dele para com ela. Na verdade, era reservada apenas para momentos especiais. Considerando a crise que se avizinhava, achou que seria cabível.

- Se for assim - continuou - aí talvez se justifique. Podemos abrir mão das tradicionais omeletes e pensar em ovos cozidos, ovos fritos ou ovo pochê.

- Não se preocupe. Vamos continuar com nossas omeletes diárias. Logo se vê que você não entende nada de cozinha.

- Pode até ser que não, mas na matemática alguma coisa está errada porque...

- Romeu, pode parar. E pode parar agora porque você está sendo ridículo.

- Meu bem, - ponderou - só estou tentando entender.

- Sabe de uma coisa? Minha terapeuta disse que tem coisas que um marido nunca vai entender, sabia? São questões que transcendem o raciocínio masculino. Estou começando achar que ovos devem estar nesta categoria. Então vamos encerrar essa conversa e pode buscar três sacos de dois quilos de arroz.

Três sacos de dois quilos de arroz também pareceu um disparate para Romeu. Ele não sabia a quantidade de arroz em cada refeição, mas entendeu que não seria aquele o momento de abrir uma nova linha de desgaste com sua esposa. No entanto, deixou mentalmente anotado que no momento oportuno, superada a crise dos ovos, seria interessante questionar o arroz.

Voltou ao encontro de sua esposa com os sacos de arroz, depositando-os no carrinho do supermercado de maneira que ela visse que realmente seu pedido havia sido atendido. Ela olhou de soslaio com um ar de aprovação e seguiu pelos corredores do supermercado.

- Sabe - disse ele - estive refletindo enquanto buscava o arroz que...

- Fez muito bem, Romeu, refletir nos corredores de um supermercado é muito salutar para a felicidade de um casal.

Ele ignorou o que supostamente pareceu uma ironia porque não pretendia perder seu raciocínio e continuou:

- Pois bem, exatamente. Sendo assim, como eu vinha dizendo, segui refletindo que eventualmente pode haver outras destinações para os ovos que não apenas a omelete matinal.

- Brilhante, Romeu, brilhante. Você realmente é muito astuto. Nem todos os maridos poderiam ter esse raciocínio.

- Pois bem! Então fiquei pensando que ovos eventualmente são necessários para fazer um bolo, não são?

Ela seguiu pelo corredor sem olhar para trás apenas aquiescendo levemente com a cabeça.

- E posso perguntar quantos ovos são necessários para fazer um bolo?

- Em média, dois ovos são suficientes.

- Ótimo! Excelente notícia, porque vou considerar que comemos um bolo por semana em casa, o que significa que nosso consumo semanal de ovos subiu para vinte ovos semanais e não mais dezoito. Então dos trinta e seis ovos temos consumidos vinte, restando dar um destino aos dezesseis remanescentes. Agora vamos pensar onde mais podemos utilizar ovos...

- Romeu, chega. Pelo amor de Deus, você está sendo ridículo. Pare de se preocupar com ovos. Temos outras coisas mais importantes para pensar.

- Ah, mas meu bem (achou novamente apropriado), falamos em contenção de despesas, que a vida não está fácil. Qualquer economia é bem-vinda.

- E você acha que vai colocar as finanças de casa em ordem com os ovos?

- Não só com os ovos. Estava pensando nos três sacos de dois quilos de arroz e...

- Romeu, agora pode parar! De verdade, isso não vai levar a nada. E não se preocupe, o supermercado eu pago do meu dinheiro, do meu salário. Sem querer ofender, aliás. Ganho mais do que você! Então posso pagar esse e todos os supermercados de nossas vidas daqui para frente. A partir de agora isso não tem nada a ver com você. Deixa que eu posso sustentar a casa se isso for o preço da paz familiar.

- Ainda assim...

- Romeu, você ouviu o que eu disse? Ou quer que eu desenhe? O supermercado de hoje e até o fim de nossas vidas será pago com o meu salário. Portanto, estamos falando do meu dinheiro. Pare de se preocupar. E pare de perguntar.

- Bem, se é assim, aí já não posso mais opinar.

- Exatamente, você não pode mais opinar sobre os ovos, sobre o arroz ou sobre qualquer outra coisa que colocarmos neste carrinho de supermercado porque estou pagando com o meu dinheiro.

Já no carro, no trajeto de volta para casa, ela registrou:

- Neste friozinho gostoso de inverno estou pensando em algo diferente para nós dois hoje à noite.

- O que você sugere? Respondeu ele animado.

- Que tal prepararmos uma fondue de queijo? Vai ficar uma delícia!

- Adorei! Quantos ovos utilizaremos em uma fondue?

...

Nesta noite Romeu pediu uma pizza e jantou sozinho na cozinha.

Capítulos XI e XII

Convivência e Relacionamento de casais

Determina o artigo 1.511 do Código Civil que "*o casamento estabelece comunhão plena de vida, com base na igualdade de direitos e deveres dos cônjuges*". Contudo, o que exatamente significam *direitos* e *deveres*? Como aplicar a letra fria da lei no dia a dia de um casal? E quais as consequências do seu descumprimento?

Vamos, então, iniciar uma abordagem diferente daquela que já trouxemos no capítulo IX.

Para entender o que sejam direitos e deveres conjugais, importante distinguirmos a *sociedade conjugal* do *vínculo matrimonial* (também chamado *vínculo conjugal*), haja vista que são figuras jurídicas distintas. Ambas devem ser observadas pelo casal; a falta de uma delas rompe o conceito de casamento enquanto ato-fato jurídico.

Começando pelo mais amplo, o *vínculo conjugal* é equivalente ao casamento em si, nos termos previstos pelos artigos 1.511 a 1.542 do atual Código Civil que tratam das *formalidades* de sua celebração, das causas *impeditivas* de sua realização ou das cláusulas *suspensivas* de sua efetivação, todas inerentes ao casamento em si. Resumem-se à relação jurídica de comunhão de vidas do casal, que regulam a própria sociedade conjugal, o dever de assistência mútua, respeito e consideração entre os consortes, sustento, guarda e educação dos filhos comuns. Já a *sociedade conjugal* simboliza em si mesma o convívio, a manutenção do casal, os deveres entre os cônjuges, sendo uma figura jurídica dentro do casamento, ou seja, pode ser desfeita antes mesmo do rompimento do vínculo conjugal quando as partes se separam de fato, mas seguem casadas formalmente. Assim, a sociedade conjugal define-se como a comunhão patrimonial, explicitada no regime de bens daquele casamento, e pessoal, explicitada nos deveres conjugais entre as partes.

Tais deveres conjugais, seguem elencados no artigo 1.566 do Código Civil em vigor, que determina serem deveres de ambos os cônjuges:

> I - fidelidade recíproca;
>
> II - vida em comum, no domicílio conjugal;
>
> III - mútua assistência;
>
> IV - sustento, guarda e educação dos filhos;
>
> V - respeito e consideração mútuos.

Para o leigo, distante das formalidades do Direito de Família, certos conceitos jurídicos podem se tornar confusos. Casais têm distintas formas não apenas quando convivem, mas também quando pretendem interromper os vínculos e romper o relacionamento. Entretanto, enquanto casados, certos conteúdos devem ser compreendidos:

> O casamento é, sem dúvida, um instituto mais amplo que a sociedade conjugal, por regular a vida dos consortes, suas relações e suas obrigações recíprocas, tanto morais quanto os ma-

teriais, e seus deveres para com a família e a prole. A sociedade conjugal, embora contida no matrimônio, é um instituto jurídico menor do que o casamento, regendo apenas o regime matrimonial de bens dos cônjuges, os frutos civis do trabalho ou indústria de ambos os consortes ou de cada um deles. Daí não se poder confundir o vínculo matrimonial com sociedade.[1]

Diante disto, é possível afirmar que a consequência da extinção da sociedade conjugal, é a separação, separação esta que ocorre de fato, no dia a dia, por livre e espontânea vontade dos cônjuges, formal e legalmente ainda casados, mas que não mais desejam exercer os deveres implícitos na relação matrimonial. Essa imprecisão traz a figura dos "*casados de direito, mas separados de fato*". Não é uma construção jurídica, mas uma realidade fática. Exatamente porque o casal não formaliza juridicamente o rompimento do vínculo, os *separados de fato* podem estar em um limbo: enquanto para um o rompimento é definitivo, para outro, eventualmente, é temporário.

Do ponto de vista jurídico, a dissolução do casamento permeia situações específicas:

> Dentro da distinção entre características e requisitos, importante enunciar inicialmente as características da separação de fato: (a) objetivo de dissolução da família matrimonial anteriormente formada (ainda que de um somente); (b) instabilidade; (c) continuidade; (d) notoriedade; (e) ausência de formalismo.
>
> E, como requisitos, mais uma vez, é relevante a distinção entre os requisitos objetivos e subjetivos.
>
> Assim, podem ser enumerados os requisitos indispensáveis à configuração da separação de fato:

1 DINIZ, Maria Helena. *Curso de Direito Civil Brasileiro*. Vol. 5. Direito de Família. 23ª ed. São Paulo: Saraiva, 2008.

A) requisitos objetivos:

(a) a existência de casamento válido;

(b) ausência de óbice a dissolução da sociedade conjugal;

(c) superveniente falta de comunhão de vida;

(d) lapso temporal de separação fática;

(e) falta de justo motivo para a separação;

B) requisitos subjetivos:

(a) intenção de não mais conviver (impossibilidade de reconstituição da vida em comum);

(b) ausência de affectio maritalis.[2]

Por outro lado, a consequência da extinção do vínculo conjugal é o *divórcio* que pode formalizar-se pela via extrajudicial (Cartório de Notas) ou judicial (processo judicial de divórcio). A primeira exige que os cônjuges decidam tudo de maneira consensual, sem espaço para disputas. Partilha e alimentos, se existirem, devem ser acordados previamente entre as partes. Filhos devem ser maiores e capazes. Na falta de composição entre as partes ou, ainda que exista acordo, o casal tenha filhos menores ou incapazes, a via judicial é necessária.

Apenas a título de ilustração, destacamos trechos de julgamento do Superior Tribunal de Justiça que ao tratar da matéria decidiu:

> Não se deve confundir o término da sociedade conjugal com a dissolução do casamento válido, residindo a diferença substancial entre ambos no fato de que apenas a dissolução do casamento torna irreversível o matrimônio e, consequentemente, permite às partes contraírem um novo casamento.
>
> [...]

2 GAMA, Guilherme Calmon Nogueira. *Direito Civil – Família*. São Paulo: Atlas, 2008.

> Com a dissolução do casamento, cessa para os cônjuges os deveres de coabitação e de fidelidade, os direitos e deveres patrimoniais decorrentes do regime de bens do casamento, bem como o próprio vínculo matrimonial, o que, em virtude do desimpedimento, permite a qualquer deles casamento subsequente. Com a dissolução apenas da sociedade conjugal, cessa para os cônjuges os deveres de coabitação e de fidelidade e os direitos e deveres decorrentes do regime de bens do casamento, mas permanece hígido o vínculo matrimonial. Por isso é que, ainda que dissolvida a sociedade conjugal pela separação, os cônjuges separados mantêm entre eles o vínculo do casamento, estando impedidos de contrair novo casamento.
>
> Significa dizer, pois, que a diferença essencial entre o término da sociedade conjugal e a dissolução do casamento opera-se na reversibilidade, ou não, do matrimônio, o que se reflete na possibilidade, ou não, de as partes contraírem um novo casamento.
>
> Todavia, as consequências jurídicas no plano patrimonial são exatamente as mesmas em ambas as hipóteses – término da sociedade conjugal e a dissolução do casamento. Isso porque, como afirma a doutrina, "a separação resolve a situação econômica do casal e põe fim oficial ao regime de bens do matrimônio, podendo os consortes realizarem a partilha do ativo e do passivo de seus bens comunicáveis [...] (MADALENO, Rolf. *Curso de direito de família*. Rio de Janeiro: Forense, 2009. p. 274/275).[3]

Importante ressaltar, que apenas o divórcio permite às partes contrair novo matrimônio. Logo, o término da sociedade conjugal, por ocorrer apenas de fato, e não sendo formalizado por escritura ou

3 Recurso Especial nº 1.695.148, Ministra Nanci Andrighi, no ano de 2018

sentença judicial[4] de divórcio, não permite que as partes se casem novamente, uma vez que tal ocorrência caracterizaria o crime de bigamia.[5]

Importante registrar, todavia, que as pessoas *casadas de direito, mas separadas de fato*, podem formalizar união estável. É uma situação atípica, mas não tão rara como se poderia imaginar. Casais que terminam a relação fática, mas por razões outras não fazem o divórcio, declaram no documento de união estável seu estado civil de casadas e ao mesmo tempo – e necessariamente – separadas de fato, assumindo uma nova união que não se caracterizará bigamia.

Com a dissolução do casamento pelo divórcio, isto é, dissolução do vínculo conjugal, cessam aos cônjuges os deveres de coabitação e de fidelidade, os direitos e deveres patrimoniais decorrentes do regime de bens do casamento, bem como o próprio vínculo matrimonial, o que, em virtude do desimpedimento, permite a qualquer deles casamento subsequente.

---

4 Existe amplo debate doutrinário se a Emenda Constitucional 66/2010, que formalizou a possibilidade do divórcio direto, sem necessidade de aguardar-se 02 (dois) anos de separação de fato comprovada ou 01 (um) ano de separação judicial prévia, teria findado a existência do instituto, que foi reavivado com a promulgação do Novo Código de Processo Civil em 2015.

5 Código Penal:
Artigo 235 – Contrair alguém, sendo casado, novo casamento:
Pena – reclusão, de dois a seis anos
§ 1° - Aquele que, não sendo casado, contrai casamento com pessoa casada, conhecendo essa circunstância, é punido com reclusão ou detenção, de um a três anos.
§ 2° - Anulado por qualquer motivo o primeiro casamento, ou o outro por motivo que não a bigamia, considera-se inexistente o crime.

CAPÍTULO XIII

Projeto Comum

- Cópias autenticadas do RG e CPF, original das certidões de nascimento, comprovante de endereço, informações das testemunhas, data do casamento...! Estão de parabéns, tudo muito organizado.

A Oficiala do Registro Civil separou a documentação enquanto o casalzinho de noivos seguia trocando olhares marotos.

- Pois bem, acho que está praticamente tudo aqui. Vocês fizeram um pacto?

- Ah sim, com certeza - respondeu o noivo - fizemos um pacto que valerá por toda a nossa vida.

- Fico feliz, - registrou novamente a oficiala - mas resolveram o que conterá no pacto?

A noiva entremeou o olhar com o noivo e virou-se para o oficial deixando transparecer seu incômodo:

- Eu não quero tirar a sua autoridade, mas a senhora precisa mesmo saber do nosso pacto?

- Efetivamente, sim, preciso - respondeu secamente.

A noiva tentou insistir, mas o noivo fez um sinal embaixo da mesa e resolveu assumir a situação:

- Bem, "Dona" Oficial, ou Oficiala, me desculpe se errei no termo, mas honestamente eu não havia me preparado para isso neste momento, estava guardando para fazer os votos no casamento na presença de nossas famílias, então não é algo definitivo, mas já que a senhora insiste... a senhora insiste mesmo, né?

- Quem insiste não sou eu, é a Lei. E ponto final.

- Bem, então a senhora explicando assim tão detalhadamente, já entendi. Vamos lá - deu um longo suspiro, olhou para sua noiva como que buscando inspiração e retornou os olhos para a Oficiala do Registro Civil - nosso pacto envolve o comprometimento maior da vida a dois, do companheirismo que beira à cumplicidade, do projeto de vida da família com valores morais e religiosos que tomam como exemplo nossos queridos pais, da nossa mais completa e total união em torno da linda família que queremos formar, dos nossos cinco filhos que queremos ter....

- Cinco filhos - ela teve que divergir - achei que falamos em não ter mais do que dois. E olhe lá!

- Eu sei, eu sei - e segurando as mãos de sua noiva ponderou - se fosse com qualquer outra mulher, nem um único filho eu desejaria ter, mas como você é a mulher da minha vida quero pensar em muitos filhos.

- Que sejam então cinco filhos! - disse a sorridente noiva - Vamos em frente.

- Que lindo, fico realmente feliz! No entanto, não precisamos relacionar os filhos nesse momento. Então voltemos ao que os trouxe aqui. E o pacto? - insistiu a Oficiala que participava involuntariamente das declarações amorosas do casal.

O noivo ficou inconformado com tamanha frieza:

- Olha, se tudo que eu disse para minha noiva na sua frente não valer como pacto deste casamento, então não sei mais o que um precisa prometer ao outro.

- É que não estou falando deste pacto de amor. Estou falando do pacto antenupcial.

Noiva e noivo se entreolharam com ares de quem percebe que há algo mais para o qual definitivamente não haviam se preparado:

- A senhora podia ser mais clara, se não for incômodo - disse a noiva.

- De modo algum - e na expectativa de tomar o rumo da conversa - Pergunto ao casal se decidiram o regime de bens. Farão o casamento em comunhão total, comunhão parcial, em separação total, em participação final nos aquestos?

- E sabe que não pensamos nessas coisas.

- Ah, mas agora vão ter que pensar por que não posso seguir com o casamento civil sem resolvermos isso. Só se vocês voltarem para casa para refletir e quando resolverem retornam aqui e...

Ao que foi interpelado pela noiva:

- Não senhora, mas não senhora mesmo. Daqui ninguém sai sem o casamento marcado.

- Bem, se for assim, - novamente a Oficiala - então preciso que resolvam de uma vez por todas.

- E a senhora não pode dar uma ajuda para gente e explicar o que esse pacto significa... Quem sabe dando um exemplo pode facilitar.

- Então vamos lá. E olhando para o noivo diz: o senhor trabalha? Ao que ele aquiesce com a cabeça. E virando-se para noiva, igualmente pergunta: a senhora trabalha? - ao que ela faz o mesmo movimento de concordância - Então, prosseguiu a Oficiala do Cartório, vamos imaginar que o senhor compra um imóvel apenas com o dinheiro do seu salário e por alguma razão indesejável vocês... - ela interrompe o exemplo ao ver a noiva incomodada e emenda - mas é só um exemplo, ok?

- Tem que ser só no exemplo mesmo porque no nosso caso quem ganha mais sou eu.

- Ah, mas eu posso sempre ajudar, né? - registra o noivo.

- Se era para ajudar, já poderia ter assumido muita conta... mas também não é aqui que vamos resolver. E voltando-se para Oficiala: pode seguir com seu exemplo com ele comprando a casa. Quem sabe se anima!

E a oficiala retoma:

- Então, como eu ia dizendo, o senhor compra uma casa apenas com o dinheiro do seu salário e logo se divorciam. Então o senhor vai entregar metade do imóvel para ela?

- Nunca! Disse ele.

- Nunca?! - retrucou a noiva.

Pego de surpresa, remendou:

- Não é bem isso.

- Então é o quê?

- Quando eu disse "nunca", eu quis dizer "nunca" vou me divorciar de você.

- Ok, entendi - disse a noiva não tão convencida - mas estamos no campo dos exemplos, né? Também precisamos ser realistas! Vamos pensar que eu comprei a casa com o meu dinheiro e aí nos divorciamos.

- Pois bem, que seja assim - tentou retomar a Oficiala. Então a senhora vai dividir a casa com ele no divórcio?

A noiva percebeu a gafe. O noivo se animou:

-E aí?! Vai dividir o apartamento comigo?

- Aí que eu quero saber - atestou a Oficiala.

- Agora a senhora não quer saber nada - cortou o noivo - quem está casando aqui somos nós. E quem quer saber sou eu. E aí Senhora Mirtes, vai dividir o apartamento comigo ou não vai?

- E tem que resolver isso agora mesmo? - perguntou a noiva.

- Tem sim - se antecipou Adroaldo, o noivo.

Mirtes olhou a Oficiala como que buscando uma ajuda, mas ela se encolheu na cadeira limitando-se a dizer:

- Os noivos são vocês, né? Acho que vocês têm que se entender.

- Então, Senhora Mirtes, vai dividir ou não o apartamento comigo?

- Posso fazer uma perguntinha antes, meu amor.

Ele ficou em silêncio. Ela seguiu:

- Por que você não vai me ajudar a comprar o nosso apartamento?

- Como assim?

- A Oficiala disse que eu paguei o apartamento sozinha. Você acha certo você todo pimpão pretender ter cinco filhos comigo, vou ter jornada dupla casa e trabalho, e ainda vou ter que pagar sozinha o nosso apartamento?

- Pagou porque a Oficial, ou Oficiala, já nem sei, mas quem é a autoridade aqui nessa sala, disse que o certo é você pagar pelo nosso apartamento.

- Não foi isso que eu quis dizer, - tentou se resguardar a Oficiala - afinal foi só um exemplo...

- Um excelente exemplo que a senhora deu "Dona" Oficial.

- Então acho que vamos voltar ao outro exemplo - disse Mirtes - nós dois pagando o apartamento juntos.

- Não senhora, gostei muito do jeito que está - Adroaldo bateu o pé - primeiro vamos ver a solução deste exemplo e, conforme for, pensamos em outros porque você não está me dando o devido valor... Muito me espanta, Senhora Mirtes, essa sua posição, querendo tirar seu marido do próprio lar. Uma vergonha jogar para fora da casa um pai de cinco filhos?

- Ah, mas já disse que o número de filhos não é matéria para o pacto antenupcial - tentou ajeitar a Oficiala, que foi ignorda por Adroaldo:

- E aí, vai dividir ou não o apartamento?

Ao que Mirtes respondeu:

- Não seja por isso. Se acontecer o divórcio, o apartamento será dividido entre nós.

Ele sorriu e ela rapidamente completou.

- No entanto, você assume o financiamento que faltar na compra do apartamento.

- Que financiamento?

Ao que o Mirtes se apressou em responder:

- Ninguém falou em pagamento à vista. A Oficiala falou em comprar apartamento.... financiado - e olhando de soslaio arriscou - falou ou não falou "Dona" Oficial?

Capítulo XIII

Regime de Bens no Casamento Civil e União Estável

Qualquer que seja o caminho definido por um casal no projeto comum que pretendem construir – casamento civil ou união estável – o regime de bens é questão essencial na união de duas pessoas. O tema passa obrigatória e necessariamente pela *comunhão de vidas* que se pretende conceber, o que acontecerá em qualquer formato e independentemente do regime de bens. Questões patrimoniais fazem parte de qualquer relacionamento e as razões de um e de outro para escolha precisam ser debatidas pelo casal de maneira transparente.

No ordenamento jurídico brasileiro encontramos cinco regimes de bens com reflexos patrimoniais distintos na sucessão:

(I) **Comunhão universal de bens**: cada parte (cônjuge ou companheiro) detém 50% do patrimônio. Não haverá patrimônio individual, na medida em que os bens formados na constância do casamento, recebidos por doação ou herança antes ou depois do casamento, serão considerados patrimônio comum. Forma-se uma única unidade patrimonial (com eventuais exceções pontuais de bens recebidos com cláusula de incomunicabilidade). Na regra geral o patrimônio é comum.

- No divórcio ou dissolução da união estável a partilha será feita em partes iguais, independentemente da origem e do momento que determinado bem ingressou no patrimônio do casal. Tudo se comunica, inclusive dívidas contraídas por apenas uma das partes.

- Na sucessão a regra é a mesma. O sobrevivente não será herdeiro necessário porque já é meeiro, não concorrendo com descendentes ou ascendentes do falecido.

(II) **Comunhão parcial de bens**: existem três patrimônios que "convivem" ao mesmo tempo. O patrimônio incomunicável de um (bens antes do casamento ou união estável), o patrimônio incomunicável do outro (bens antes do casamento ou união estável) e, por fim, o patrimônio comum do casal formado pelos bens recebidos a título oneroso durante a união.

- No divórcio a partilha será do patrimônio comunicável, não se alcançando o patrimônio particular.

- Na sucessão teremos regras distintas: no *patrimônio comum* o sobrevivente será meeiro recebendo 50% destes bens e direitos e não concorrendo com descendentes ou ascendentes na outra metade enquanto herdeiros necessários; no *patrimônio particular* (incomunicável) o sobrevivente, não sendo herdeiro necessário concorrerá com descendentes e ascendentes na parcela legítima.

(III) Separação total de bens: o casal não forma patrimônio comum, mantendo durante toda a união patrimônios distintos. Poderão, se assim desejarem, compartilhar bens e direitos específicos por aquisição conjunta ou doação, mas não por força do regime de bens adotado.

- No divórcio não há partilha porque não há patrimônio comum. Mesmo eventuais bens adquiridos conjuntamente não são partilhados necessariamente no divórcio, podendo ser discutidos, se houver litígio, em procedimento próprio.

- Como não há meação, o sobrevivente será herdeiro necessário na parcela legítima concorrendo com descendentes ou ascendentes, conforme o caso.

(IV) Separação obrigatória de bens: regra específica aos que contraírem casamento civil ou união estável após 70 anos.[1] Tal qual na separação total não há formação de patrimônio comum, mas é necessário estar alerta ao disposto na Súmula 377 do Supremo Tribunal Federal que prevê a hipótese de comunicação de bens. Essa Súmula sofreu releitura e melhor interpretação do STJ que entendeu que a eventual comunicação de bens adquiridos no curso desta união deverá ser precedida de comprovação de efetivo esforço comum para aquisição.[2]

1 Vide capítulo VI
2 STJ, Recurso Especial nº 1.623.858-MG, 23/05/18

- No divórcio não há partilha porque não se formou patrimônio comum (salvo se comprovada efetiva contribuição e esforço comum).

- Na sucessão não há partilha porque o sobrevivente no casamento ou união estável regido pela separação obrigatória não foi incluído como herdeiro necessário (com ocorre na separação total). Mas se comprovado o esforço comum do sobrevivente, ele se tornará meeiro sobre aqueles bens específicos.

(V) **Participação final nos aquestos**: regime de bens instituído pelo Código Civil atual, mas pouco acolhido pelos casais. O patrimônio particular segue incomunicável. O patrimônio formado durante a união, mesmo a título oneroso, é considerado patrimônio próprio e segue administrado isoladamente pelo seu titular (como se fosse um regime de separação total de bens).

- No divórcio, todavia, o patrimônio oneroso (antes administrado individualmente) é somado e dividido em duas partes iguais (como se fosse um divórcio originado no regime da comunhão parcial de bens).

- Na sucessão utiliza-se da mesma regra aplicada ao regime da comunhão parcial de bens.

Não obstante a escolha do regime de bens no início da união, importante registrar que no curso do casamento ou união estável será possível ao casal alterar o regime de bens eleito inicialmente, desde que o pedido de modificação seja feito por ambos os cônjuges ou companheiros, haja autorização judicial para tanto, e seja um motivo certo e justificado, respeitando-se os direitos de terceiros, situação em que será possível optar por outro regime mais favorável ao casal conforme a situação fática que estiverem vivenciando naquele momento.[3]

Um pacto antenupcial, todavia, não se presta apenas para eleição do regime de bens. Alguns ordenamentos jurídicos ao redor do globo, tais como aqueles regidos pelo direito anglo-saxão, ou *common-law*, permitem a disposição, em contrato antenupcial, acerca de muitos outros tópicos que não apenas as disposições patrimoniais feitas no casamento.

Regramentos acerca da educação dos filhos, padrão mínimo de vida familiar, tratamentos de saúde aos quais um dos cônjuges deverá se submeter, prêmios avençados por cada período completado de casamento, até mesmo a frequência mínima/máxima de atividade sexual entre os cônjuges, enfim, são muitos os assuntos que se pode versar em um contrato de casamento, de acordo com a lei daqueles locais, a exemplo do que costumeiramente acompanhamos em ruidosos divórcios nos Estados Unidos da América.

E quanto ao Direito Romano, aplicável no Brasil, como funcionam os pactos antenupciais?

Por formação cultural o Brasil não tinha décadas atrás fortes estímulos à assinatura de pactos antenupciais, sendo comum o casamento pelo regime legal vigente na época (comunhão universal de bens, se antes de dezembro de 1977, ou comunhão parcial de bens, se posterior).

---

3 Código Civil

"Art.1.639: É lícito aos nubentes, antes de celebrado o casmento, estipular, quanto aos seus bens, o que lhes aprouver.

......

§2° É admissível alteração do regime de bens, mediante autorização judicial em pedido motivado de ambos os cônjuges, apurada a procedência das razões invocadas e ressalvados os direitos de terceiros."

Quando se decidia optar por um regime diferente do convencional, era lavrada uma escritura pública simples, que se limitava a mencionar a opção pelo regime de casamento (no mais das vezes a eleição do regime da separação total de bens), sem outras considerações.

Este cenário se alterou por distintas razões e os casais descobriram e vem se valendo do pacto antenupcial (no casamento civil) ou pacto de conviventes (na união estável) para várias outras questões. Uma delas certamente é a eleição de regimes híbridos de bens. Por diferentes razões, desejam atribuir regras distintas ao patrimônio familiar (por exemplo, imóveis seguem o regime da separação total, mas ativos financeiros seguem o regime da comunhão parcial). Esse tipo de disposição – da qual se exige redação muito bem elaborada para afastar interpretações duvidosas – deve estar claramente consignado nos pactos.

Não há, porém, que se falar apenas em questões materiais. Os pactos podem dispor de temas não obrigatoriamente patrimoniais. Isso significa que a lei civil respeita o princípio da autonomia privada, e, em que pese sejam as regras matrimoniais e o casamento civil ou união estável questões de ordem pública, acabam por envolver atos da vida privada de um casal. Aliás, desde que não contrariem a legislação nacional, podem ser dispostos neste documento.

É correto, portanto, afirmar que a lei brasileira permite, em geral, que o pacto antenupcial disponha de regras patrimoniais para os bens conjugais. Dentre essas, pode estar prevista um auxílio financeiro regular de uma parte à outra durante o curso da união, transferências patrimoniais futuras mesmo se adotado o regime da separação total ou até mesmo uma indenização, caso a união se encerre antes de um determinado período.

Nem tudo, entretanto, é permitido na regra brasileira. Serão nulas cláusulas que definam, previamente, como se operará a guarda dos filhos na hipótese de dissolução da união, ou qual tipo de colégio a prole frequentará. É vedada, também, qualquer disposição em pactos antenupciais que definam, previamente, a regulamentação da herança dos cônjuges, especialmente renúncia prévia, também conhecida tal vedação como "*Pacto Corvina*". Essa questão surgiu mais fortemente com o atual Código Civil que promoveu o cônjuge ou companheiro sobrevivente à condição de herdeiro necessário mesmo no regime da separação total de bens. Para afastar essa norma sucessória, alguns pactos antenupciais declaram uma renúncia prévia a esse direito, o que é expressamente vedado pelo artigo 426 do Código Civil ao determinar que "*não pode ser objeto de contrato a herança de pessoa viva*".

Menos comuns, mas atualmente vistas e já confirmadas por alguns tribunais estaduais no país, as cláusulas penais decorrentes da violação do dever de fidelidade conjugal, contendo previsão de indenização financeira ao cônjuge ou companheiro traído, tem causado polêmica[4] e debates entusiasmados na doutrina e jurisprudência, uma vez que ensejam a prévia definição dos limites de infidelidade em casais monogâmicos, gerando outro assunto de debates acalorados tendo em vista a fluidez dos atuais relacionamentos no país.

Não se aplicará esse entendimento nos *casamentos abertos*, assim entendidos como já vimos nos casais que consensualmente aceitam a participação esporádica de terceiros – em conjunto ou separadamente – sem a formação de vínculos familiares. São relacionamentos limitados ao prazer sexual sem qualquer outro comprometimento.

4 Vide comentários do tema no Capítulo IX.

Diferentemente, uma nova modalidade surgiu na formação dos *trisais* que buscam não apenas a satisfação sexual momentânea, mas sim a formação de um verdadeiro núcleo familiar de três pessoas (independentemente dos sexos envolvidos). Não se trata de um parceiro que visitará o casal para satisfação sexual a três, mas aquela terceira pessoa que ingressa efetivamente como parte do casal – daí a formação do *trisal* – e que desejam oficializar tal relação como uma família. A compreensão do que é o *poliamor* e o eventual reconhecimento deste novo formato familiar ainda não tem acolhimento no ordenamento jurídico brasileiro, o que motivou o Conselho Nacional de Justiça a deliberar pela proibição de Cartórios de Notas lavrarem escrituras de *trisais*.

Certamente, abre-se mais um desafio ao Direito de Família que deverá definir temas cada vez mais intrincados. As famílias monogâmicas, heterossexuais e indissolúveis aprendendo a conviver com novos relacionamentos trazendo estruturas multiparentais que em algum momento deverão estar protegidas pelo ordenamento jurídico. Passos dados agora que, efetivamente, já vem transformando a realidade de algumas famílias brasileiras e que poderão encontrar no futuro não tão distante acolhida na legislação deste país.

CAPÍTULO XIV

Sogro também é parente

Deodato abriu o celular e se deparou com a mensagem: "Alerta amarelo. Nos encontramos no local de sempre".

Um arrepio subiu pela espinha de Deodato. Alerta amarelo de novo!

Em alguns minutos Deodato entrava no Bar do Joca, reduto de longa data de velhos amigos.

- O que afinal aconteceu?

- O Aderbal.

- Não pode ser o Aderbal, falamos com ele na última reunião. Explicamos item a item do que tem que ser feito.

- Parece que ele não prestou atenção - suspirou Bento.

- Isso é gravíssimo, onde vamos parar?

Deodato se acomodou melhor para ouvir o relato do amigo Bento. Souza já estava na mesa, mas em completo silêncio antevendo os reflexos desta nova situação.

- Parece que a filha foi falar com o Aderbal, sabe, véspera de Natal, o Aderbal é um homem religioso.

- Ah, não, mas isso não pode, né? Na véspera do Natal é jogo baixo!

- Ora, mas não foi só isso. Estava com os dois filhos no colo e foi lá fazer uma visita.

- Visita uma ova - interveio Souza. Essa filha do Aderbal não vai à igreja nenhum domingo e agora vem no Natal com esse nhe nhe nhe.

- Calma Souza, calma meu amigo - tentava consolar Deodato - sabemos dos nossos limites. Nós só podemos orientar, mas nossas filhas, você sabe, esses jovens são tinhosos, sabem a hora de pedir.

- Então - retomou Bento - parece que o Aderbal assumiu o seguro do carro da filha.

- Êita, que isso não podia! Pombas! É a primeira regra que combinamos. Casou a filha, primeiríssima coisa, empurra o seguro do carro para o genro. Não pode pegar de volta.

- Ah, mas pelo jeito pegou - continuou Bento - e não foi só isso.

- Tem mais? Esse genro do Aderbal com aquela carinha nunca me enganou. É advogado né? Só podia ser. Empurrando conta para o sogro pagar, grande sacana - esbravejava Souza.

- Não adianta gritar comigo - dizia Bento - o genro não é meu! Do meu genro eu cuido. Entreguei a filha e os boletos, ele que se vire.

- Eu também - ratificou Deodato - não dou espaço para o genro.

- Bom - retomando a palavra o Bento - como eu estava tentando dizer, não foi só o seguro do carro. Parece que o Aderbal voltou a assumir o celular da filha.

- Que genrinho mais mequetrefe! Celular da filha é conta do genro. Isso é básico. Ele que fica de teretetê com a esposa, que pague a conta.

- Bem, é isso. Agora já aconteceu.

Souza estava inconformado:

- Onde vamos parar, me diga onde vamos parar?! Nos organizamos como sogros, as regras são claras. Entregou a filha, a conta é do genro. Vez ou outra até pagamos uma feira, mandamos umas frutas, até uma roupinha para o nosso neto, afinal somos avós. No entanto, combinamos que conta, boleto, cartão, são coisas básicas que não podemos pagar. Onde já se viu? Daqui a pouco o genro manda para gente o condomínio da casa dele...

- E eu que tinha o Aderbal em alta conta. Achei que ele que ditava as regras na família!

- Não adianta. Véspera de Natal, com filhos no colo... é infalível, e dá-lhe boleto de volta para nós.

- Bem, agora é ficarmos alerta.

Deodato é interrompido com a entrada esbaforida do Nestor:

- Oh, Nestor! Onde você estava? Nós aqui discutindo coisas importantíssimas e você chega atrasado.

- Desculpem pessoal, é que no caminho para cá fiquei sabendo de uma novidade...

- Se for do Aderbal, é notícia velha...

- E boleto novo - completou Souza.

- Que Aderbal que nada. Minha esposa disse que a filha do Osório vai ser pedida em casamento hoje à tarde. Ouviu essa conversa lá no cabeleireiro.

- Osório? É a primeira filha dele, né?

- Então - continuou o Nestor - por isso que vim correndo avisar porque ele não fazia parte do nosso clube.

- Não fazia, mas vai fazer. Vamos agora mesmo falar com o Osório.

- Calma lá - disse Nestor - que o genro nem chegou para pedir a moça em casamento.

- Melhor assim. Ele pede a mão para o Nestor e depois que ele aceitar, a gente assume a situação e se encarrega do moço. Risco zero dessa vez!

Capítulo XIV

Alimentos Avoengos

Garantir aos nossos filhos moradia, educação, saúde, alimentação, lazer parece algo tão evidente que não deveria sequer exigir legislação específica para que fosse observado pelos pais. Contudo, particularmente no Direito de Família mesmo o que é notório deve estar expresso. Os menores sempre receberam enorme atenção e proteção do Estado em distintas legislações. No século passado vigia o *Código de Menores* instituído em 1927, posteriormente reformado pela Lei nº 6697 de 1979. Mais recentemente o *Estatuto da Criança e do Adolescente* (Lei nº 8069/90) determina inúmeras disposições protetivas, valendo destacar entre outras providências e apenas a título ilustrativo:

> Artigo 22. Aos pais incumbe o dever de sustento, guarda e educação dos filhos menores, cabendo-lhes ainda, no interesse destes, a obrigação de cumprir e fazer cumprir as determinações judiciais.
>
> Parágrafo Único. A mãe e o pai, ou os responsáveis, têm direitos iguais e deveres e responsabilidades compartilhados no

cuidado e na educação da criança, devendo ser resguardado o direito de transmissão familiar de suas crenças e culturas, assegurados os direitos da criança estabelecidos nesta Lei.

Por consequência, a obrigação de custear alimentos é precípua de seus pais. Na prática forense das últimas décadas cabia ao Juiz decidir com base no binômio *necessidade* (dos filhos) x *possibilidade* (dos pais), embora no mais das vezes era a mãe que representava judicialmente os filhos menores em uma sociedade ainda machista onde muitas esposas abdicaram da vida profissional para cuidar da família e, por consequência, não possuíam renda própria. A bem-vinda igualdade levou as mulheres ao mercado de trabalho pelo que atualmente os litígios de alimentos envolvem um trinômio. Somadas à *necessidade* e *possibilidade*, surgiu a *proporcionalidade* onde pai e mãe, cada qual conforme sua força econômica, contribuirão para o custeio da vida dos filhos (o que, vale sempre lembrar, não se confunde com a guarda dos menores).

Por distintas circunstâncias imprevisíveis da vida familiar, nos deparamos com situações em que tanto o pai como a mãe não possuem condições econômicas de subsidiar as necessidades dos filhos, obrigando o Poder Judiciário a buscar em outras esferas familiares o custeio dos menores. O Código Civil enfrentou esta situação, cabendo destacar:

> Artigo 1.696. O direito à prestação de alimentos é recíproco entre pais e filhos, e extensivo a todos os ascendentes, recaindo a obrigação nos mais próximos em grau, uns em falta de outros.
>
> Artigo 1.697. Na falta dos ascendentes cabe a obrigação aos descendentes, guardada a ordem de sucessão e, faltando estes, aos irmãos, assim germanos como unilaterais.
>
> Artigo 1.698. Se o parente, que deve alimentos em primeiro lugar, não estiver em condições de suportar totalmente

> o encargo, serão chamados a concorrer os de grau imediato; sendo várias as pessoas obrigadas a prestar alimentos, todas devem concorrer na proporção dos respectivos recursos, e, intentada ação contra uma delas, poderão as demais ser chamadas a integrar a lide.

A matéria também se pacificou em 2017 no Superior Tribunal de Justiça (STJ) consolidando entendimento sobre o pagamento dos chamados "*alimentos avoengos*", por meio da Súmula 596, a qual versa: *a obrigação alimentar dos avós tem <u>natureza complementar e subsidiária</u>, configurando-se apenas na impossibilidade total ou parcial de seu cumprimento pelos pais.*

Assim, necessário registrar que a obrigação alimentar não é transmitida aos avós por livre escolha dos pais! O dever de alimentar é impositivo – e não optativo – aos genitores, observando-se o trinômio antes mencionado. Todas as esferas de cobrança do Poder Judiciário devem ser buscadas contra os pais. Comprovada a impossibilidade, então o dever passa aos ascendentes imediatos (via de regra os avós) de maneira *complementar e subsidiária*. Neste sentido *[...] a obrigação é dos pais e, na omissão de um deles, o ônus passa para o outro genitor. Somente se nenhum dos dois tiver condições de prover ao sustento dos filhos é que se poderia invocar a responsabilidade dos avós* (p. 492).[1] Na mesma linha: *Se admissível a ação de alimentos contra o avô, ocorre a carência dessa ação se qualquer dos genitores do menor tem patrimônio hábil para sustentá-lo, pois o avô só está obrigado a prestar alimentos ao neto se o pai deste não estiver em condições de concedê-lo, estiver incapacitado ou for falecido (TJSP, 6.ª Câm. do TJSP, 28.04.1977, RT 509/86 - p. 457).*[2]

---

1 DIAS, Maria Berenice. Manual de Direito das Famílias – 9. Ed. São Paulo: Editora Revista dos Tribunais, 2014.

2 CAHALI, Yussef Said. Dos Alimentos. 7. Ed. – São Paulo: Editora Revista dos Tribunais, 2012.

O caráter apenas subsidiário dos alimentos avoengos tem por objetivo evitar a paternidade/maternidade irresponsável. Incumbe primordialmente aos genitores a obrigação de prover – sempre dentro de suas condições econômicas – o bem-estar material de seus filhos. Por outro lado, não menos relevante, onerar os avós, muitas vezes já aposentados ou com atividades profissionais reduzidas, pode comprometer a poupança de idosos na velhice que se aproxima. Portanto, a obrigação de pagamentos de alimentos avoengos é exceção à regra, e deverá ser analisada com a devida cautela pelo magistrado.

Não se deve confundir os alimentos avoengos com a possibilidade de os avós solicitarem a guarda dos netos – em detrimento dos pais – em situações certamente excepcionais. Por vezes os genitores têm condições econômicas, mas por situações extraordinárias, atípicas e inusitadas não possuem condições de manter os menores consigo. Situações inesperadas com pais usuários de drogas, eventualmente condenados e reclusos no sistema penitenciário, enfim, momentos em que caberá aos avós tomarem para si a responsabilidade pelo cuidado e proteção dos menores. Mesmo nestas situações atípicas, os avós poderão exigir dos filhos a continuidade no pagamento dos alimentos aos menores.

A guarda tem por fim mais do que o suprimento das necessidades materiais do menor. Ela alcança também a formação pessoal e moral (por vezes religiosa, conforme a prática do núcleo familiar). Em situações de absoluta normalidade, os genitores serão os provedores completos de seus filhos, mas o ordenamento jurídico prevê distintas situações em que os avós passarão a ter uma participação mais ativa do que desejavam na chamada terceira idade.

CAPÍTULO XV

Sem compromisso

- Vamos ver, vamos ver.... quesito jantar. Preparado? - questiona Roger

- Sim, pode mandar a pergunta - sorri Leo.

- O couvert chegou na mesa, você aceita?

- Lógico né, vamos impressionar a moça.

- Muito bem, muito bem. Que tal uma taça de vinho?

- Pode!

- E se for uma garrafa de vinho?

Coçou a cabeça: - Acho que passa.

- A sobremesa é individual ou vai dividir?

Chicão, o terceiro na mesa, intervém:

- OK pessoal, acho que não precisamos entrar em tantos detalhes. Vamos para outro quesito, por favor.

Roger retoma:

- Então vamos ao grande desafio: viagem.

- Êita, que essa é osso! Ah, mas pode perguntar - diz Leo sorrindo.

- Quem paga as passagens aéreas?

- Vamos de avião?

- Ixi! Começou mal. E você vai levar a menina de busão?

- Sei lá, Campos do Jordão não está de bom tamanho? Vamos de carro, só nós dois subindo a serra, acho mais romântico... e mais econômico.

Os dois viram o olhar para Chicão que entre o perguntador e o entrevistado era como se fosse um mediador:

- O meio de locomoção certamente influi, mas não acho preponderante. O importante é o que acontece entre a ida e a volta, se avião ou carro, tanto faz.

- Em sendo assim - retomou Roger - vamos deixar o transporte e ir direto ao finalmente, porque de carro ou avião alguém tem que pagar o hotel. E aí, você vai deixar a menina sacar o cartão de crédito?

Leo coçou a cabeça indeciso, Roger provocou:
- Não seja deselegante!

- Calma aí, não pressiona, não falei que não vou pagar. Só estou pensando. Não é o custo do hotel em si, é o custo do que pode significar eu pagar o hotel para os dois.

Chicão, ao que parece o mais experiente dos três à mesa, ponderou:

- Estamos falando em tese, né? Porque depende do compromisso que você quer assumir.

- Já falamos disto. Quero justamente saber até onde posso ir sem assumir compromisso - afirmou Leo.

- Ué, então você não quer namorar? - cobrou Roger.

- Ué digo eu! - corta Leo - esse é o problema. Eu só quero namorar! Não quero mais do que isso.

- Ah, mas namorado pagar o hotel no final de semana, isso não faz mal nenhum - insiste Roger.

- Bom, já paguei as passagens de avião, né? - diz Leo resignado - acho que tanto faz ficar também com a conta do hotel.

- Em um namoro nunca tem tanto faz - alerta Chicão - E já diz o dito popular, o diabo mora nos detalhes.

- Alô, pessoal! A proposta era vocês dois me ajudarem, não é para me deixar mais confuso, por favor!

- Ora, mas é que tem aquele cavalheirismo, Leo. Não é machismo, que é coisa ultrapassada. Estamos falando do galanteio, isso tudo faz parte do jogo da sedução.

- Jogo da sedução eu faço no quarto, não na recepção do hotel pagando com meu cartão de crédito a conta dos dois!

- Bem, seja como for, acho que os alertas estão dados - observou Chicão - agora é você se preparar para convidá-la. Quando vocês vão se encontrar?

- Hoje à noite eu falo com ela.

- Onde vai ser o encontro?

- Na nossa casa. Quando eu voltar à noite a convido para esse final de semana. Será nossa primeira viagem e seja o que Deus quiser.

- *Na nossa casa*?

- Sim, estamos morando juntos há um mês na minha casa.

Chicão e Roger se entreolham naquele silêncio ensurdecedor, mas Leo não se faz de rogado:

- Não se preocupem. Tenho dois quartos em casa, cada qual com seu banheiro. Pedi para ela deixar todas as coisas dela apenas no quarto ao lado. Não quero deixar provas da nossa intimidade.

Capítulo XV

Namoro x União Estável

Não é novidade que as relações afetivas contemporâneas ganharam contornos cada vez mais informais e, porque não dizer, peculiares. No passado recente não era necessária graduação em Direito para alguém apontar se um casal mantinha um namoro, um noivado ou um casamento. Os padrões sociais definiam com suficiente clareza os vínculos dos relacionamentos. Novos tempos, novos ventos, e essa mesma sociedade acolheu a união estável, inicialmente na Constituição Federal de 1988 e consolidada no Código Civil de 2002. Nova figura jurídica, novos desafios: como diferenciar *namoro* de *união estável*? A importância desta definição é crucial na medida em que o primeiro se limita aos vínculos afetivos, enquanto a segunda poderá impor vínculos patrimoniais.

Antes de mais nada, em defesa do Direito de Família, é importante que se registre que a legislação que versa sobre a matéria não *estabeleceu* a união estável, mas *regulamentou* o que a sociedade passou a aceitar naturalmente. Em outras áreas do Direito – como

Tributário, Previdenciário, Societário – é a lei que institui as regras impondo sua vontade sobre as pessoas – tanto físicas como jurídicas – com um emaranhado de normas por vezes incompreensíveis. Não é isto que ocorre com o Direito de Família. Por razões sociológicas e culturais, enfim, por um conjunto de fatores comportamentais e evolutivos da sociedade civil, o famigerado *concubinato* (expressão que sempre carregou tom depreciativo) deixava mulheres e homens à margem da proteção legal.

Isto relembra, em parte, o processo de validação do divórcio no Brasil na década de 1970 pela Emenda do então Senador Nelson Carneiro (Lei nº 6515/77). Naquela época, indissolúvel os vínculos do casamento e permitido apenas o desquite, os casais que formassem novas uniões estavam submetidos a uma vida socialmente reprovável e juridicamente desprotegida. Foi a sociedade que pressionou os legisladores a reconhecerem que o casamento não era indestrutível, que cada pessoa tem direito (mesmo à revelia do outro) a buscar uma nova oportunidade de formar família (se assim desejasse) e que poderia fazê-lo protegida pela lei. Enfim, o casamento não era indissolúvel e o direito à felicidade deveria prevalecer. Assim se acolheu o divórcio no Brasil.

A recepção da união estável no ordenamento jurídico brasileiro trouxe um novo e positivo desafio, absolutamente necessário até para se preservar a boa-fé dos conviventes, e isso passa necessariamente pela diferenciação entre o namoro e a união estável.

Antes de mais nada, necessário registrar que o namoro não tem previsão legal e não encontraremos na legislação a definição deste formato de convivência. Mais fácil, talvez, definir namoro pelo que ele não é! E para isto nos valemos tanto da doutrina como da jurisprudência, no mais das vezes provocadas a opinar sobre casais que vivendo na informalidade deram interpretações diferentes ao mesmo relacionamento.

A definição mais simplista de namoro seria entendê-lo como uma relação de duas pessoas que tem expectativas recíprocas de fidelidade e lealdade e param por aí, o que é bem diferente de andar um passo a mais e formar uma família desejada em uma união estável. E este talvez seja um divisor primordial na busca da diferenciação destas duas formas de convivência.

Namorados têm um propósito presente, não um projeto futuro. Não são dependentes economicamente um do outro, não residem juntos, não pretendem ser e não deveriam ser vistos como se casados fossem. Algumas diferenças são claras, outras podem ser sutis. Vale a intenção de cada um que por muitas vezes apenas se revela (tardiamente) nos rompimentos.

Tornando confuso o que deveria parecer simples, a complexidade dos relacionamentos, mesmo entre namorados, fez surgir novas dimensões trazendo duas variáveis: *namoro simples* e *namoro qualificado*.

O primeiro é aquele cujo propósito é de mútuo conhecimento com uma convivência que não traz um profundo envolvimento, enquanto o segundo caracteriza-se pela relação intensa, constante, prolongada, mas que não dá às partes a posse do estado de casados. Normalmente casais jovens, sem filhos, construindo carreira profissional, buscando segurança financeira, que não tenham formado famílias anteriormente, se caracterizam mais facilmente no *namoro simples*, enquanto casais adultos, mais maduros, vida profissional estável, eventualmente com filhos de uniões anteriores, mas sem intenção de conceber filhos comuns, poderão se caracterizar como *namoro qualificado*. As definições não são engessadas; portanto, devem ser analisadas caso a caso.

Qual a necessidade em diferenciar um e outro tipo se, ao final, afirmamos de início que ambos não acarretam vínculos patrimoniais? Menos pelo primeiro, mas certamente mais pelo segundo, um *namoro qualificado* pode ser inadvertidamente a antessala de uma união estável. Nas relações cada vez mais progressistas (ou liberais, como queiram), casais de namorados podem ter atos que analisados isoladamente seriam entendidos como união estável, mas que no conjunto da vida a dois não descaracterizarão o namoro. E sendo por vezes tênue a linha divisória, o *namoro qualificado* surge como um anteparo que poderá ser útil conforme caminhar o relacionamento.

Passo importante na escalada do afeto ocorre se o encontro inicial revela o início de uma efetiva relação amorosa. Dá-se então, o namoro, já agora um compromisso assumido entre homem e mulher que se entendem gostar um do outro. Pode ser paixão à primeira vista, embora nem sempre isso aconteça, pois o amor vai se consolidando aos poucos, com encontros e desencontros do casal embevecido. Do latim in amoré, o namoro sinaliza situação mais séria de relacionamento afetivo.[1]

De toda esta celeuma os chamados *contratos de namoro* se consolidaram no meio jurídico. Todavia, desde logo é fundamental registrar: este documento não transforma união estável em namoro. De nada adiantará um casal declarar em conjunto e por escrito que está apenas namorando quando o seu relacionamento indicar sinais irrefutáveis de união estável. Não há alquimia! O documento que não encontrar sustentação fática no relacionamento das partes certamente será anulado em uma demanda judicial.

1 Euclides de Oliveira - OLIVEIRA, Euclides, 2006 *apud* TARTUCE, Flávio. *Direito de Família: Namoro – Efeitos Jurídicos.* São Paulo: Atlas, 2011. P. 256

Namorados em qualquer situação jamais terão o que chamamos de *estado de posse de casados*, ou seja, desejarem ser e acima de tudo serem vistos por terceiros como se fossem cônjuges, mas sem os vínculos do casamento civil. Portanto, foi do receio de ver configurada uma união estável indesejada que surgiram os contratos de namoro, cujas disposições consistem em afirmar a ausência de intenção de constituir família naquele momento; atestar o mútuo querer bem sem garantia de projeto futuro; total independência financeira, e; por excessiva cautela, prévia definição do regime de bens que vigorará na eventualidade de, no plano fático e futuro, a relação vir a preencher os requisitos da união estável.

Vale registrar, assim, que é necessária a *efetiva constituição de família, não bastando para a configuração da união estável o simples animus, o objetivo de constituí-la, pois, do contrário estaríamos novamente admitindo a equiparação do namoro ou noivado à união estável.*[2]

Entendendo o que o namoro não pode ser, talvez agora seja mais fácil conceituar a união estável, esta sim formalmente regulamentada no ordenamento jurídico brasileiro em seu artigo 1.723 ao definir que *"é reconhecida como entidade familiar a união estável entre o homem e a mulher*[3]*, configurada na convivência pública, contínua e duradoura, com o objetivo de constituição de família".*

Daí temos para a sua contextualização os requisitos essenciais e cumulativos de sua formação, quais sejam: *(I)* publicidade; *(II)* continuidade; *(III)* durabilidade; *(IV)* objetivo de constituir família. Notem que não há exigência de documento escrito (como ocorre nas

---

2 GONÇALVES, Carlos Roberto, Direito Civil – Direito de Família, p. 542. São Paulo: Saraiva, 2006.

3 Ainda que referido artigo mencione nominalmente os gêneros masculino e feminino, o entendimento consolidado é que a regra se aplica igualmente aos casais hetero e homoafetivos

formalidades do casamento civil) ou coabitação. Um casal pode perfeitamente formar uma união estável sem assinar qualquer documento que formalize a sua intenção, mesmo que não resida sob o mesmo teto se, nas atitudes do dia a dia, estiverem presentes tais requisitos. Neste caso, devem estar cientes que a caracterização da união estável sem pacto escrito impõe o regime da comunhão parcial de bens.

A doutrina enfrenta constantemente este dilema. *Não é fácil distinguir união estável e namoro, que se estabelece pelo nível de comprometimento do casal, sendo enorme o desafio dos operadores do direito para estabelecer sua caracterização.*[4]

Alguns indícios podem caracterizar ou afastar a união estável: embora não residam juntos, possuem acesso livre nas respectivas residências; manutenção de guarda-roupa um na residência do outro com espírito de moradia; contas conjuntas; ajudas financeiras como pagamento de despesas, contas em geral, faturas de cartão de crédito; convívio familiar como se fosse um membro efetivo da família; perspectiva de futuro conjunto; dever de fidelidade; como são vistos e como se apresentam no círculo social em que convivem.

Como de início mencionado, a união estável – diversamente do namoro – traz reflexos patrimoniais e certamente o maior deles é o regime de bens determinando o artigo 1.725 do Código Civil que *"na união estável, salvo contrato escrito entre os companheiros, aplica-se às relações patrimoniais, no que couber, o regime da comunhão parcial de bens".* Portanto, ignorar a união estável, fingir a sua inexistência, levará o casal, comprovados os vínculos, ao regime da comunhão parcial de bens com formação de patrimônio comum desde o seu início. É o pacto de conviventes na união estável (preferencialmente pela forma

---

4 DIAS, Maria Berenice, in *Manual de Direito das Famílias*, 10ª ed. RT/SP, 2015, pág. 261

pública, mas podendo ser feito por instrumento particular seguido de registro no Cartório de Títulos e Documentos) que delineará o regime patrimonial. Neste documento, as partes farão constar todas as regras de disposição patrimonial e cláusulas sob as quais a união estável deverá ser regida, especialmente no tocante ao regime de bens.

Restava, todavia, uma última e injusta diferenciação entre casamento civil e união estável. Enquanto a regra sucessória do primeiro dava ao cônjuge sobrevivente a condição de *herdeiro necessário* (mesmo no regime da separação total de bens), o companheiro sobrevivente era excluído por força da aplicação de uma norma distinta do Código Civil. O Supremo Tribunal Federal (STF), no julgamento de dois Recursos Extraordinários[5], aos quais foram conferidos os efeitos da repercussão geral, julgou inconstitucional a diferenciação e determinou que as mesmas regras aplicáveis ao casamento civil sejam válidas na união estável (sempre observado o regime de bens adotado). Assim, não há mais que se falar em diferenças entre os institutos do casamento civil e da união estável.

5 STF, Recurso Extraordinário 878.694-MG, Min. Rel. Luís Roberto Barroso, j. em 10.05.2017
STF, Recurso Extraordinário 646.721-RS, Min. Rel. Marco Aurélio, j. em 10.05.2017

Sobre os autores

Luiz Kignel é graduado pela Faculdade de Direito da Universidade de São Paulo (USP) em 1987. Pós-graduado em Direito Privado pela Faculdade de Direito da USP, Direito Processual Civil pelo COGEAE da Faculdade de Direito da PUC/SP e Mediação e Arbitragem pela Escola de Direito da Fundação Getúlio Vargas. Sócio do PLKC Advogados. Foi membro do GEEF – Grupo de Estudos de Empresas Familiares na Direito FGV e é membro do Grupo de estudos de assuntos correlatos às empresas familiares do Insper. Membro da Comissão de Direito de Família e Sucessões da OAB/SP. Coautor dos livros "Os Negócios e o Direito – Sobrevivência Legal no Brasil", "Patrimônio e Sucessão – defendendo os herdeiros e os negócios", "Planejamento Sucessório – aspectos familiares, societários e tributários" "E Deus criou a empresa familiar – uma visão contemporânea" e "Empresas Familiares – Governança Corporativa, Familiar e Jurídica". Tem dois romances policiais publicados: "A Morte tudo Resolve" e "A Morte não Toca Violino", ambos pela Alameda Editorial.

Julia Prado Affonso Moreira é graduada em Direito pela Pontifícia Universidade Católica de São Paulo, em 2012. Pós-graduada em Estratégias Societárias, Planejamento Tributário e Sucessório pela Fundação Getúlio Vargas; em Direito de Família e Sucessões pela Pontifícia Universidade Católica de São Paulo; e no curso da FGV Law em Direito Processual Civil. Foi membro do GEEF – Grupo de Estudos de Empresas Familiares na Direito FGV e é membro do Grupo de estudos de assuntos correlatos às empresas familiares do Insper. Sócia do PLKC Advogados.

Tatiana Araujo Caribé Arantes é graduada pela Pontifícia Universidade Católica de São Paulo, em 2017. Pós-graduada em Direito de Família e Sucessões pela Universidade Cândido Mendes/RJ, é membro do Grupo de Estudos de Empresas Familiares da INSPER e do Instituto Brasileiro de Direito de Família e da IASP Comissão de Família e Sucessões. É advogada associada do escritório PLKC Advogados, atuando na área de Família e Sucessões e de Planejamento Sucessório.

Thaís da Costa é graduada em Direito pela Universidade Presbiteriana Mackenzie em 2019, pós-graduada em Direito de Família e Sucessões pela Universidade Cândido Mendes/RJ e mestranda do programa de Direitos Humanos da Faculdade de Direito da Universidade de São Paulo (USP). É advogada associada do escritório PLKC Advogados, atuando na área de Família e Sucessões e de Planejamento Sucessório.

Alameda nas redes sociais:
Site: www.alamedaeditorial.com.br
Facebook.com/alamedaeditorial/
Twitter.com/editoraalameda
Instagram.com/editora_alameda/

Esta obra foi impressa em São Paulo no verão de 2024. No texto foi utilizada as fontes Bembo OTF em corpo 10 com entrelinha de 16 pontos e Dactylographe em corpo 9,5 com entrelinha de 15,5.